光る骨

片山郷子 著

鉱脈社

目次

光る骨

一章

太陽が、朝昇り、夕に沈む。この営みを変えることができないように、人は死者を蘇らせることはできない。肉のかたちを失った人間を再生させることは不可能である。その不可能を可能に変えようと多くの親が、妻が、子が、恋人たちが、祈り、嘆き悲しんだが、死者が蘇ることはなかった。必死な願いを神は聞きいれない。

ここ風が谷市にある養護盲老人ホーム〝さくらの苑〟の窓に冷たい風が吹き付けていた。風は赤土と砂ぼこりを含み、するどい刃物のような音をたてて窓ガラスを執拗に叩いていた。

建物の外へ一歩出れば遠くに山並みが連なっているのが、目の良い者には見えるだろう。失明者は山があると教えられ、赤城とか榛名とか妙義などと頭の中で想像するだけである。あるいは研ぎ澄まされた耳で山おろしの大きな太鼓の音を聴いたかもしれない。

山はけぶっているだろうか。山に精霊が棲んでいないだろうか。山の奥の奥には通年溶けない雪が固まっていないだろうか。

時には失明者はその脳裡に有り余る大きな魔の山を想像する。空想する。ものがたりを創りだす。黒々した魔の山には外見は人間の形をした生きものが棲んでいるであろう。そのこころは醜いものばかりではなく、美しいこころもあるだろう……。

〝さくらの苑〟は盲老人を百人収容できる施設である。六十代から九十代のうち七十代が一番おおいだろうか。ここの輪島園長は幼いころからの全盲で八十歳を過ぎているが、まだ現役である。若いとき辛酸をなめたようだが、強い独立心と向学心でそれらを克服した。彼の努力とチャンスを機敏にとらえる能力が彼をここまで押し上げたのであろう。

〝さくらの苑〟は創立は昭和五十四年、その後建物は増改築を繰り返して現在に至る。

輪島園長は度々入園者を前にして語った、

「最初に建てた古い建物も、みな一人部屋に改修した。最初は二人部屋、三人部屋だった。こういう施設は時代とともに良くなっていく。そしていまでは各室にトイレも付けた。これはひとつの大きな目標の達成である。だが、これからまだまだ〝さくらの苑〟のためにやりたいことがある。現在の建物にあと二十人収容できる建物を建て増して、百二十人収容できるホームにしたい。そうなると、このような施設としては日本一の規模の施設になる。わたしももう歳で、今は健康だが、先のことは、これぱっかりはどうなるか、わからない。みなさんの協力をお願いしたい」

輪島園長は慣れた口調で語った。小柄な体に野心というか名誉欲というか、そのようなものが根底に流れているのが僅かに感じられた。その流れが、小さな命、小さな優しさ、小さな想いやり、小さな声を忘れさせなければ良いのだがと、ふと思わせる。そこから微かな危惧が生まれる。

築十年の建物は新館と呼ばれて、三階建てである。一階に食堂があった。少数の早番と車椅子で来る人以外はここで揃って食事をする。席は決められている。通路は狭い。食堂の前に長方形の部屋があって〝待合広場〟と呼ばれていた。全員の食事がテーブルに揃って並ぶまで、そこで待っている人たちもいた。

新保房雄とわたしはその部屋で知り合った。

〝さくらの苑〟にわたしが入園したのが平成三十年十一月十六日、新保房雄が入所したのは、わたしより約半月遅れの十二月三日であった。入園初日、新人は食堂でみなにマイクで紹介される。わたしは新人の紹介に無関心であったが、新保の名前が珍しかったので、名前だけ意識の底へ沈めたようだ。

わたしは〝待合広場〟で話し相手もいなかったから、黙ってみんなと少し離れて腰掛けていた。新保がわたしの隣へ腰掛けたのかわたしが新保の隣へ腰掛けたのか、最初のころの覚えはない。いずれにしても偶然がわたしたちを結びつけた。

後に職員の柴田から次のような話を聞いた。

「新保さんはだれとも話さずひとりで座っていたが、そのうち川田さんと話しているのを見かけるようになりました」

柴田は私の生活指導員である。

新保は目が見えた。一度話をしたわたしを認識して、次回もわたしの隣に腰掛けることができたのであろう。不思議なことに、わたしたちは互いを認めあってからすぐに、生まれた年を教え合っていた。わたしは彼を無口な弟のように感じた。

新保は視力を聞いても曖昧な返事をしたので、わたしは目のこととなると追及した。眼圧はいくつか。視野検査はしたか。病名は何というのか。治療はしているのか。彼はすべてに曖昧に答えていった。

「ここへ入って眼医者が替わった。そこでくれる目薬が合わない。点《つ》けると痛い。目が霞む」

「点けるの、やめれば……」

「医者もここの看護師も我慢して点けろって。でもだんだん見え辛くなる」

わたしは黙った。医師から出された薬を自分で判断してやめるには勇気がいる。知識がいる。セカンドオピニオンも必要である。ここでは病院は指定されていて、自分で選ぶことはできない。かごの鳥だ。羽を切られた鳥だ。

一年前に亡くなった九十二歳の友人は在宅の一人暮らしであったが、大きい病院を転々とした。そしてある日、わたしに電話を掛けてきて言った、

「結局医者からもらっていた薬の副作用で具合が悪かったのよ。薬を七種類飲んでいたのを、三種類にしたの。そうしたら目眩や頭痛が無くなって、からだの調子がいいのよ」

彼女は緑内障で全盲に近かったが、施設には入らないで、亡夫の残したマンションの一室でひとりで生きた。その後、脚を骨折して三月ほど入院してから、老衰で亡くなっ

た。非常に意志の強いひとであった。

「あなたは障害手帳をもらっているの」

わたしは新保に聞いた。

「いや、医者がもう少し経ってからって……」

わたしは一種一級の手帳の持ち主であった。六十五歳二ヵ月で取得した。後に六十五歳を過ぎていると障害手当などをもらえないことを知った。当然新保も六十五歳を過ぎているからお金はもらえない。

何と言っても見える彼に、微妙なやや冷ややかな心が動いた。わたしは左目は暗闇であったが、右は目の前で手を振ると手の形は見えないが、手の揺れを感じる。神経のつながっている自分の手を動かしているからであろうか。

わたしが盲老人施設に入って意外に思ったことは、見える人が多いことである。見えると言っても人によって千差万別で、手帳の四級か五級だろうか、弱視だろうか。雨が降っているかいないか。服の色が白っぽいか、黒っぽいか。無言の人が女か男か。向こうから人がくるか、判る程度であるが、ただ見える人がいることは何かと教えてもらえるので、見えない者にとって便利である。たとえば洋服の色が知りたいとき窓から雨が降っているか見てもらうとき、〝さくらの苑〟の中で迷ったときなどなど。ただ精神面では見える者と見えない者の立場が微妙に対等ではなくなるようだ。見えない者は何となく劣等感を抱いたり、じっと見られているような意識が湧く。

新保と親しくなったころわたしは、彼はわたしが見えてわたしは彼の顔はもとより身体の特徴もなにも見えないことが気になった。こころが通じていれば外見などどちらでもいいのだろうか。こころを包む顔や体格がどのようにこころと繋がっているのか、どのように関係しているのか。ギリシャ神話や〝美女と野獣〟を思い出した。わたしは六十五歳ころから急速に目が悪化して盲目の道へ進んだ。一番不便な高齢の中途失明者である。高齢者の顔は、それまでの人生やものの見方がこびりついているとわたしは考えていた。だが新保の顔が見えない。

「不公平じゃないの」

と、わたしは新保を咎めるように言った。

「わたしは鏡を見ても自分の顔が判らないのよ。もちろんあなたの顔も」

彼は間をおいて答えた。

「あんたはとても八十とは思えない。色が白くてしわがひとつもない。それにおれもだんだん見えなくなる」

わたしは少し前、新保の担当寮母の田中に聞いていた。

「新保さんていくつくらい？」

「新保さんはどう見ても六十代にしか見えない。六十三くらいかしら」

わたしは新保が二つ年下であることは知り合ってすぐ聞いていたが、田中寮母に黙っていた。わたしは若い看護師にも何気なく聞いていた。

「新保さんてどんな顔？」

「そうねえ。目鼻立ちがはっきりしていて、どちらかというと男前です」

わたしは看護師に嬉しさを隠した。新保にも人に聞いたことを隠して、彼女たちの言葉をこころの底で繰り返した。そのことを考えると、ひとりで口元にはにかみを含んだ笑みがこぼれてくる。わたしはここで正直に白状しなくてはならない。それは新保の顔が老人臭くなく、悪くもないと想像できたとき、わたしのこころが新保にぐっと近づいたことである。これは見えない者の心理であるかどうか。老若男女はいずれにしてもきれいな人を好むのであろうか……。

あるとき新保は、自分の目の病名を医者から正確に聞いてきたのか、わたしに言った。

「加齢黄斑。緑内障もあるって」

わたしは頷いた。知人に加齢黄斑の人がいた。彼女は新保より五歳くらい年上で、視力はどんどん落ちていった。新聞の字が見えなくなってきた。医師に言われて放射線治療を数回試みたが、効果がないと言ってやめにした。目薬も結局効果がないが、気休めに点けていると言っていた。新保は彼女より若く、まだずっと見えた。このことはいずれ新保に話そうとわたしは思った。わたしはいつも彼に後で話そうと思う。それはいずれ彼と先の長い付き合いになることをこころの底で予想しているからであろう。新保はわたしが彼より比較にならないほど見えないのに、それを意識させることはなかった。

〝待合広場〟で日に三回新保に逢った。食事の盛りつけが出来ると音楽が流れ出す。その音楽で皆は食堂に急ぐ。自分の席へ着いたらさっさと食べ出す。前や左右の人がいるかいないか見えないからおかまいなしだ。しかし入園者たちは、「おはようございます。頂きます。御馳走さま」の挨拶をきちんとする。挨拶の声で互いの存在を知ることができる。前の席、横の席にいつもの声が響けば安心である。

味噌汁や御飯、おかずは冷めている。数十人分を並べてよそるからであろう。すべてよそり終えて食事開始の音楽を流す。あたたかい味噌汁や御飯を食べさせたいというこころや努力はない。この生ぬるい食べ物には入園者からの苦情は大きい。入園者の食事時間は早い。食べることに真剣に向き合うからであろう。雑談してゆっくりということはない。飲み込むように食べているのか。わたしが遅くなると、食器の片付けが始まり、がちゃがちゃととても煩い。

わたしと新保の席は離れている。わたしの席は食堂の入り口の側で、みんながわたしの横を通る。新保の席は奥の方で、わたしは彼がどこに座って食事をしているのかわからない。耳を澄ませていても彼の話し声はまったく聞こえてこないから、無言で食事をしているのだろう。

食事開始の音楽が鳴るまでの間、五分から十分くらい新保とわたしはふたりだけの話をすることができる。一日三回、三十分くらいか。まわりの人々に聞かれないように横並びにからだを付けて、前を向いて淡々と話をした。

わたしは彼と一緒だと本来の陽気さを取り戻して声を出して笑うときがある。冗談をいう。わたしの冗談やからかいに対して彼は、「訳のわからないこと言って、ごまかしたり逃げたり」

とわたしに言いながら、目の良い者の特権か、〝さくらの苑〟の建物の周りの庭を散歩したなどと話をした。また彼は、バスに乗って市営の銭湯へ行って来た話をした。見えればそんなことが許可されるのだろうか。内心わたしは庭の散歩が妬ましかった。

あるとき、「名前はわからない」と言って、小さな花を庭から摘んできて、まわりの人たちに見つからないように、そっとくれた。ティッシュペーパーに包んで、わたしの手のひらに……。

わたしはとても嬉しかったが、照れくさかったので、「花壇の花をつんだら、すごく叱られるわよ」と冗談ぽく言った。彼はそんなことをまったく気にしていないようで、銭湯の割引券があるとか、それはいくらいくらとか細かい話を始めた。わたしは興味がないので聞いていなかった。心の中でもっと親しくなったら、彼に庭の散歩に連れていってもらおうと考え出していた。ここはある程度見える者には自由があるようだ。

わたしは銭湯のことよりここの入浴風景を新保に話したかった。彼はまだ知らないのだろう。入浴は月水金の午後である。午前中は介護を受けている者、寝たきりやおむつ交換を受けている者が入るようだ。午後は一般の者だ。入浴の介護や浴室の清掃は大きな仕事であろう。

入浴の順番は決まっていて、部屋から一階の風呂場へ行き、腰掛けて順番を待つ。数人ずつ呼ばれ、脱衣場で裸になる。自分の洗い桶にタオル、石鹸などを入れて持つ。長靴にエプロンをした寮母と向かいあい、両手をさしだす。寮母もわたしたちの両手をしっかり握り、バックで洗い場まで連れていく。足許は滑りそうで、慣れない者には危ない。わたしたちは当然だが一糸もまとっていない。恥毛も垂れた乳房も隠せない。正面切って丸出しなのだ。ちょっと首を傾げてどこか隠すような仕草を見せるとか、身を縮めて羞恥心がまだあることを示すとかすることができない。

〝さくらの苑〟には二人の寮父がいて、風呂当番に組み入れられている。わたしは入所当初、彼らにあたった。裸で彼に向かい合ったとき、彼の右手が左腹にさっと触った。その手はさっとひっこめられたが、わたしは声が出なかった。

現状をとっさに理解できなかった。そのことはそのまま終わった。横っ腹にごみでも付いていたのであろうか。いつか新保に話して、と思ったのはだいぶ後のことである。

ここは六、七年前は男女混浴であったと聞く。互いがまったく見えないとしても、中には微かに見える弱視もいたのではないか。洗い場はひとりひとり区切られているが、からだをあたためる浴槽は狭く用心しないとからだがふれあう。

この他人の大人が三人入るのが限界の縦長浴槽に接して隣に、長方形の大きそうな浴槽がある。浴槽に湯は入っていない。最近はまったく使っていないようだが、かつては使っていたのではないか。それとも見学者に大きな浴槽があると見せたいためか。どうなっているのか。混浴のとき大きな浴槽を使ったのだろうか。

ここで人間らしく尊厳を保つのはどうしたらよいのだろう。保健所の手入れが入って、男女混浴はなくなったという。またいくらか見える男たちが入園してきたためだとも言う。その情景を想像すると言葉を失う。そのころ夜間に浴室へ行き、淫らな行為に及んでいた男女がいたという。老いた男女というべきか。その後浴室の入り口は夜間は鍵が掛けられた。

わたしは朝食だけパンを希望していた。パン食コースには牛乳一本と菓子パンが二個でる。おかずはごはんの人たちと同じで、パンに納豆と漬け物、梅干とふりかけ、のりなどのときがある。最初、菓子パンの乗っている皿の隅に梅干が一個乗っていて驚いた。まさかパン皿に小さな梅干しがあるとは、想像もしなかったのである。鈍感なわたしは梅干しを何気なく口に入れ、思い切って種を噛んでしまった。二日ほど歯の痛みがとれなかった。もちろん涙ながらに寮母に抗議した。どうして梅干しがあると教えてくれなかったのか。寮母は調理場の責任にした。

わたしは味噌汁やおかずの味付けの濃いことも言った。味付けの濃さは輪島園長の好みで、彼は味の濃いところで育ち、それが好みなので変えられないと、調理場の人か寮母が言った。わたしはその話に疑問を持ったが、別のところからも同じ話を聞いた。高齢者はいずれ高血圧か糖尿になる味つけであった。

ここでは盲人の施設と思えないところがある。慣れた盲人はカンが鋭く、晴眼者と変わらなく、この園の中では大方のことができる。それで寮母たちは、盲人たちは、慣れれば不便を乗り越えればやっていけると思ってしまうのか。ここの寮母たちは自分の名をめったに名乗らない。

ここの園長は広い園内を見える人と同じようにスタスタ歩き、なにがどこにあるのか承知している。多くの職員の声をひとりひとり識別している。同じ失明者とは思えない。失明者同士の格差ということを考えて欲しい。

わたしは新保にパンを一個あげることを思いついて、訊くと、もらうという。わたしは朝食に甘い菓子パン二個は多かったので、貰い手ができて安心して、一個食べ残した。わたしの中に昭和二十年代の食料難の記憶がこびりついているのだろう。食べ物を残して捨てるということはもったいなくてできない。

わたしたちは毎食後それぞれの部屋へ帰るから、そこで自分でコーヒーをいれたり、間食を取る。新保は退屈で仕方がないとこぼしていた。

彼が身の上話をした。わたしは耳を傾けて熱心に聞いた。ドラマのような話を、小説ではなく生きている男から聞くことが珍しかった。

俺は二十歳のとき、北海道の三笠というところにある家を単身飛び出した。先に当てがあったわけではない。東京へ着いたその日、金をまだ一万円くらい持っていたはずだが、落としたか掏られたか、無くなったので、新宿の交番に金を借りにいった。交番のおまわりさんは親切で話を聞いてくれ、無料宿泊所へ連れていってくれた。そこで数日後、真面目そうだからと言ってそば屋を紹介してくれた。そば屋でしばらく働いていたが、誘われて住み込みで工場で働いた。ところがそこは酷い所で、重労働で長時間働かせ、飯は少ない。おれはいつも腹が空いていた。

ある夜、身の周りの物だけまとめて二階の窓から飛び降りて逃げた。なかなか素直にやめさせてくれないんだ。

そこで新保は、若いときの脱出劇を思い浮かべたように軽く笑ったようだ。

「荷物を抱えて飛び降りるのは危ない。荷物を先に落とした上に飛び降りるのは難しかった」

頼る者のいない大都会の風にもまれて二十歳の青年がどのように生き抜いたか、わたしは度々想像した。世の中はもはや戦後ではないと言われ、好景気が始まっていた。しかし、水辺の一本の葦のような二十歳の青年が復興の波に乗れたかどうか。なんの特技も持っていないのだ。金を交番に借りに行くという発想は都会の青年にはない。都会人は交番は金を貸さないと知っている。街には「有楽町であいましょう」「西銀座駅前」などの歌が流れていた。

新保の身の上の続きを聞く機会はなかなかやってこなかった。

食事開始の音楽は直ぐに鳴りだす。

〝さくらの苑〟へ入りたてのころ、数部屋先から毎朝一定時刻に聞こえてくる叫び声があった。

「アア、キャキャー」

物音はそれだけであとは静かだが、わたしはここは盲人だけいる施設と思っていたから、驚いた。わたしは何事かと思った。しかしよく聞いていると、その声は喜びを表しているように聞こえた。彼は二階に住んでいる聴覚障害者で、目は少し見えるようだった。毎朝二階から上がってきて、三階の彼女の部屋へ来る。そこでお早うの喜びの声をあげるようだ。最初その事情を知らないので戸惑った。だんだん近所から噂話のような形を取って知るようになる。個人のプライバシーに考慮してか、ここの寮母は筋道立てて物事を説明しない。教えない。個人のプライバシーを考慮して正確なものを伝えた方が噂で知るよりいいと思うが。三階の彼女は中途失明者のようで、髪形に気を使っておしゃれのようである。視力の残っている恋人を持てば、外形に気を使うことであろう。

十二月も下旬になったころ、新保は〝待合広場〟へ携帯電話を持ってきた。そしてわたしに「番号は」と聞く。その聞き方があまり自然だったのでわたしは躊躇うことなく教えた。

彼は携帯に目を近づけ数字を打ち込んでいたが、

「下」

「え？」

「下の名前？」

「う・い・こ。うは有。いは意。有意子」

「……」

「川田有意子。わかった?」

「うん。川田有意子……」

携帯番号を教え合ってから、わたしたちの付き合いは深くなっていった。携帯電話でお互いの動向を知らせあった。考え方を忌憚なく話した。昼も夜も時間があったから、若者に負けない通話量であったろう。ここでは携帯電話を持っている人は少ない。また音声入りパソコンを使っているのは、在園者の中ではわたしくらいであろうか。

新保の話し方は単刀直入な物言いで、語り口はぽつぽつとしている。わたしの方は多弁になってしまうようだ。わたしたちの電話料金は、わたしは三千九百円まで新保は五千九百円まで通話料金がかかるが、それ以上はかからない。

わたしは電話で聞いた。

「いくつのとき結婚したの」

「二十三」

早いなと思ったが黙っていた。

「それで、奥さんは」

「死んだ。病気で」

結婚生活は何年くらい続いたのだろうと思ったが、これも黙っていた。いずれゆっくり聞く時間があるという考えが、わたしの脳裡には低音の音楽のように鳴り続いていた。いずれそのうち聞こう。結婚生活がうまくいっていれば今の〝天涯孤独〟という身に彼はなっていなかったであろう。わたしはそのころの、子育てに追われているであろう自分の生活を思い出していた。

彼は携帯に乗っている〝川田恭子〟という女性の話をした。

「元恋人」

「いや、違う。あんたと同じ名字なんだ。二十年くらい前、御主人の方と知り合いで、ちょっとしたことでぼくが御主人の世話をした。その後御主人は亡くなった。彼女にもずっと会っていない。さくらの苑へ入ったのも知らせていない」

新保の話に嘘はなさそうなので、なぜ番号を削除しなかったの、と聞こうとしたが、口にはしなかった。

〝待合広場〟から食堂へ行くとき、廊下を横切らなくてはならないところがある。大勢の見えない人たちが行き交うから、からだがぶつかる恐れがある。前からばかりでなく後ろからぶつかって来る者もいる。長い廊下をまっすぐに歩くときは右側通行で手すりに摑まって歩く規則がある。見える人は廊下の中央を歩いてもいい。新保はわたしの左腕を摑んで廊下の中の方を歩いた。数回そのような歩き方をしていると彼は寮母に注意されたと憤慨して、電話してきた。わたしがひとり歩きに慣れるため手すりに摑まるようにしなくてはいけないと言われたようだ。「わたしのため寮母さんは言ってくれたのだから」と彼をなだめた。

それからわたしたちは手を繋いで歩くようになった。反抗心が高齢者の中で繋がったのだろう。右手を手すりに、左手を新保の厚みのあるあたたかい手の中に。世間では老いた男女が手を繋いで歩いていると目立つかもしれないが、ここでは見えない者同士が手を繋ぐことは当たり前の情景だ。からだにぶつかりそうになったり、曲がるところを間違えたり、エレベーターの場所がわからなかったりすると、さっと手を取り、助けあう。

新保はわたしの手を強く握るようになった。片手を繋いで食堂へ入るとき、わたしは寮母たちの目が殊更わたしたちの手の上に注がれているように思われて、左手を彼の右手から抜こうとする。彼は抜かせまいとして力を入れて、手を離さない。無言の力の中にわたしを守るという意志が伝わってくる。夜、電話をかけてきて、

「他の人も繋いでいる」と文句を言った。

「でも、でもなんだか恥ずかしい、なんだかねえ……」

言葉をいろいろごまかしてもストレートな彼からわたしは〝肉感〟というようなものを受け取っていた。そして小さな身震いがでる。

ここ〝さくらの苑〟では公認されていれば男女の交際は許される。いわゆる内縁関係というか世間（〝さくらの苑〟）で認められた同性というか、あくまで戸籍は入れないで輪島園長が認める男女関係である。食堂で任意の参加者を集めて簡単な祝杯をあげる。そして老夫婦ができあがる。

「おめでとうございます。仲良くやっていってください」

ビールやお茶などで乾杯する。

ここでは食堂のみで飲酒が許される。園長が認めた人たちだから、手を取り合って歩いていても、女の部屋へ男が入って扉を閉めても、職員も入園者たちも何も言わなくな

る。それまで想像を交えた陰口を楽しんでいた人たちも口を閉ざす。もちろん「人の口に戸は建てられない」という古語を踏まえてだが。新保が手を繋いで歩いている男女のことを言ったのはこの公認された人々のことで、新保はここにそういうしきたりがあるのをまだ知らなかった。これらの男女は、部屋は今までどおりで離れている人たち、すぐ近い部屋の人たちとさまざまで、公認されても部屋を近くに代えてもらう特権はないようだ。肉体関係があるのか否か、高齢な大人たちに周囲は干渉しない。女同士が訪問しあうのは自由である。戸籍の届けを出した正式な夫婦もいる。入居のときから結婚しているのであろう。

先述した耳が聞こえない彼は二階の住民で、彼女の部屋は三階である。毎朝定刻に彼は女の部屋へやってきて、おはようの喜びの声を高らかにあげる。

「キャーキャー」

彼らは七十歳前後だろうか。とても仲がいいことが傍目にもわかる。彼らのなれそめはどのようであったろうかとわたしは想像する。ふたりの間では彼の方が指導権を握っているように思われる。彼はみんなに〝愛ちゃん〟と呼ばれている。愛一郎という本名なのだ。彼はにこにこと対応しているようだが、耳には届いていない。彼女はみんなの

前で大きな声で言う、

「愛ちゃんは目が見えるからあたしの手を繋いで何処へでも連れて行ってくれるのよ。ねえ、愛ちゃん」

キスのまねをする。愛ちゃんは嬉しそうにキャッキャッと笑う。

後にわたしは彼がとても優しいことを知った。わたしが廊下で迷っているとわたしを認識した彼が、わたしの肩を押して、「アア、アアー」と声を出しながらわたしの行くべき方向へ体の向きを変えてくれる。わたしの行くべき方向がわかっているのだ。

〝さくらの苑〟へ入所後知り合い、愛し合うようになった盲人たちは本当に助け合って生きていくのであろうか。わたしと新保はこのような〝しきたり〟に従うつもりはなかった。ただわたしがいつまでも暗闇の中をひとりで歩けるようにならないので、新保の手を頼ってしまっていた。輪島園長は人々の孤独を癒やす方法としてこれらを考えたのであろうか。それとも男女の交際まで支配しようとするのか、〝さくらの苑〟の秩序を維持するために……。

二　章

＊　年の瀬やまた巡りきてまた去りぬ

正月がやってきた。

〝さくらの苑〟では家族の元で正月を過ごす人は少ない。いや家族がいない。人生の終わりに近づいた盲老人に対し〝家族〟というものは序々に、水が引くように引いていく……。若いときは家族がなくても忘れていられる。高齢になると〝家族〟という名の持つ暖かさに惹かれるようになる。

わたしは例年どおり、子どもたちや孫たちと池袋の寿司店で新年会を開いた。御年玉の交換もした。そして都内の次女と息子の家へそれぞれ一泊した。

だが、子どもの家であれ、どこであれ、住み慣れない場所へ盲人が身を置く不便さをつくづく思った。知らない場所に、見えない場所では、母親は子どものために何か手伝ってやることが出来ない。もっと子どもたちの家にいたいとは思わなかった。だが子どもたちに感謝する気持ちがないわけではない。母親は子どものために茶碗ひとつ洗えないことを悲しむ。盲目の母親を持って気の毒と思う。なりたくて失明者になったわけではないが、〝責任〟があるとするならわたしにある、と思わざるを得ない。

息子に車で〝さくらの苑〟へ送ってもらった。花園インターで高速を降りて風が谷の地へ向かったとき、わたしの目には窓外は何も見えず、野菜畑の青や白さを想像するばかりであった。このあたりは古くは農家がほとんどであったが、畑が売れだして、新しい家屋や食べ物の店舗ができてきた。〝さくらの苑〟の敷地も元は畑であった。わたしは約一ヵ月半前ここへ来たとき、息子に連れて来てもらったのだが、狭い一室で細々と片づけを手伝ってくれている息子に突然涙ながらに叫んだ、

「帰る。わたし帰るわ。こんなところにいたくない」

部屋全体の空気が重く沈んだ。散らかっている引っ越し荷物が圧縮されたようであった。

長い沈黙を破って息子の沈痛な声が聞こえた、

「帰るところがもうないんだよ」

車の中でわたしの脳裡に息子の声が響いた。

もう帰るところがないんだよ、帰るところがないんだよ……。

あのとき息子も泣いていたのではないか。目頭が熱くなった。夕刻、風が谷はどっしりとした闇に沈んでいた。何も見えない、光のない無の世界だ……。

正月、離れていたとき、新保のことはあまり考えていなかった。

〝さくらの苑〟に彼はいた。あたり前に存在している。大人しいがどこか野生味があり、自己を静かに持っていた。新保は望みや欲を持たない人間であったのだろうか。

わたしが〝待合広場〟へ行くと、新保はまだ来ていなかった。だがすぐ急いで来て、わたしの横にどかんとわたしを押すように腰掛けた。無言である。わたしは新保のやや乱暴な動作に彼の心を十分汲み取っていたが、聞いた、

「新保さん？　よね」

やや間があって、

「他にだれがいる？」

憮然たる答えが返ってきた。わたしはおかしさをこらえて答えた、

「だって、他の人とあなたを間違えてしゃべっていたら変でしょう。それに今年初めてあうのだから、おめでとうとか何か……」

「ああ、おめでとう……よかった？」

と、彼はわたしの子どもの家のことを聞いた。わたしはここへ帰ってきたのだ。昨年と同じ毎日を繰り返すために。新保がいて、わたしの生活に変化が起きるだろうか。

「子どもはねえ。いいところもあるけどなかなかねえ……」

家族のいない彼を思って話題を変えた。

「どうしていたの」

新保はある宗教団体の人が迎えにきて、彼らとその支部のある大宮まで行ってきた話をした。わたしは新興宗教ではないかと思って、嫌な気がした。

「大勢来ていた」

「なにしたの？」

「その宗教の説明やお祈り」

わたしは黙った。新保もなにも言わないでいると、食事開始の音楽が鳴った。わたしたちは手を繋いで食堂へ行った。食べ終わると彼はわたしの横を通るとき、わたしの食卓を軽くトントン叩く。あるいはなにか声をかける。彼は「あ」とか「う」とか声をだして、自分の存在をわたしに知らせる。

わたしは彼のウとかアが面白い。

「あなたは自分の名前が言えないの？　もしかしたら犬なの？」

わたしが新保の姿がまったく見えないので、毎朝の取り決めごとなのだが、わたしは残したパンをラップに包んだのを彼に手渡す。

彼はその朝珍しく言葉を発した。

「行くよ」

「待って、終わったから」

わたしは慌てて立ちあがる。食堂の入口で彼を見失うが、数歩先へ行ってみんなをよけて、立ち止まっている新保を見つける。見えないはずの彼の姿が脳裡にぼんやりと浮かぶ。あるいははっきりと心で見る。彼は素早くわたしの左手をすくい上げ、強く握る。

わたしたちはそのまま三階行きのエレベーターの前まで行く。十メートル足らずの距離だ。短い逢瀬なのだ。わたしは他の人々と一緒にエレベーターの中へ入り、三階の自室へ。彼はエレベーターの前を左手に回って二階止まりのエレベーターに乗り、すみれ館と呼ばれている古い建物の方へ行く。

そこは新館と長い廊下で繋がっていて、食堂にも遠く、わたしの部屋からも遠い。すみれ館の人たちは少ないようだ。入所したとき部屋を何の基準で振り分けるのか、わからない。すみれ館の部屋にあるトイレはドアがなく、カーテンで仕切られているそうだ。男の彼はカーテンを開けたまま用を足していると、寮母が入ってきて見られたと言った。わたしは笑い出したが、すみれ館には女性もいる。寮母はたしかにノックと同時にドアを開けて個人の部屋へ入ってくることが多い。

すみれ館はかなり老朽化しているように思われる。地震や火災のときはどうなるのか、二十人収容できる建物を新築するより、すみれ館の再度の改築が先ではないか、という声を聞いたことがある。輪島園長は百二十人収容可能な日本一の施設、という名誉欲に囚われたのか、ひとりでも多くの盲人の老後を救おうとしているのか、後者であることを願う。


新保と同日に入所した山本英子という人がいた。彼女は大きな声で自分のことをよくしゃべる人であった。〝待合広場〟でわたしたちと向かいあって長椅子に腰掛けていた。

少し大きな声を出せば、離れているわたしたちにも話は通じる。ただここには耳の悪い人が多い。ここの失明者で、耳が聞こえないより目が見えない方がいいと言った人がいる。耳か目か、いずれにしてもこの大切なものをわたしたちは選べない。

山本は大きな声でみなの前でものを言った。背中をまっすぐのばして暗闇の中を歩く。山本はわたしののろのろした歩き方を見て、中途失明者は不便で気の毒と言った。わたしの方は、盲学校で訓練されれば闇の中を怖がるふうもなく前へ進めるのだからたいしたものだと感心する。

本人の話だと六十二歳で、ここでは一番若い。小学校のときから盲学校へ入った。点字は完全にマスターしている。マッサージもマスターしていてここへ入るまでは随分稼いだなどと話した。みんなは初めのうちは山本の話を興味を持って聞いていたが、やがて変化が現れた。山本のそばに座っていた、長くここにいる人が手探りでわたしの隣にきて、耳元で囁いた、

「あの、山本さん、大きらいよ。自分のことばかり話して、しかも同じことを何度もよ。だれでも自分のことを話したいのに、人の話を取ってしまうのよ」

わたしは彼女の手を握った。彼女も握り返して、よろよろと元の席に戻った。

山本がわたしの隣へ腰掛けにきたことがあったが、彼女はわたしと話すのが苦手のようで、わたしの話に「はい、そうです」などと堅い声で答える。新保は知らん顔している。わたしは内心、もう少し彼が愛想がよければいいのにと思う。やがて山本はあまり話をしなくなった。長椅子の中央にいたのが端の方に移った。

「みんなにあたしは嫌われている」と彼女が言い出したころ、わたしの前の席の雰囲気は元に戻ったようだ。

あるとき、山本が左右の人たちに大きな声で言った。いつもよりまわりに腰掛けている人たちは少なかった。

「みなさんに教えてもらいたいんだけど」

山本ははっきりとした声で言った。

「あたし、この年になるまであの丸く握ったお寿司を食べたことがないの。海苔で巻いて細長いのを切ったのはあるわ。本当の寿司の食べかただけど、寿司の食べ方を教えて欲しいの。あれは箸で持つの。なにか御飯の上に乗っている物を下にして口にいれるの。それとも上に乗せたまま御飯を下にして口に入れるの。お醤油はいつどこへつけるの」

周りはみな黙っていた。無視なのか判らないのか、わからなかった。ただ中途失明者でそれまでさまざまな生き方をしていた人がいるようなので、寿司を知らないということはなかった。だれも答えない。わたしは握りは手で持ってたべるようにしている。いずれ山本と実物を買ってきて、新保もいれて、食べようと考えた。

わたしは六十二まで寿司を食べたことがないという話に、こころが打たれていた。食べる機会が持てなかったと言うことか。

わたしと新保は電話でよく話をしたが、それは言葉に代えて書けばなんでもないようなことでもあり、ふたりにとって大切な、なくてはならない言葉のようでもある。しかし、あえて宗教の話は避けた。わたしが避けていることを新保はわかっているようであった。

わたしは日に日に目が悪化していったころ、宗教に頼ろうと思ったときがあった。知人の中に四人キリスト教徒がいた。四人ともキリスト教の中で宗派が違うと聞いた。その中のひとりは大学で比較宗教学という講座を教えていて、所属の教会の牧師の都合の悪いとき、日曜礼拝で信者たちに説教をしたり懺悔を聞いたりしたことがあると言っていた。その人に連絡をとってみようかとも思ったが、彼が入院したような話も聞いたので連絡をとらなかった。それに宗教に頼ろうとする自分のこころの弱さがイヤだった。目が治ることが不可能なことなのだから宗教に頼れない気がした。自分の苦悩は自分が持ち歩かなくてはならない。たぶんに自分に甘いこころの置き場を見つけて……。そのとき、わたしは宗教から離れていったようだ。

わたしは新保が勧誘をするようであれば新保から離れようかと考えた。〝さくらの苑〟では宗教は自由だが、勧誘は禁じられている。

雑談のあと新保が言った、

「会費が年七万円で、払えない人はいくらでもいいって。ぼくは一万円払った」

わたしは返事を一言もしなかった。先日新保は、訪ねてきた彼らと外出したようだ。

〝待合広場〟へ遅れて来て早口で言った、

「ちょっと出掛けて来た。これを持って来てくれた」

と、わたしの手に菓子を乗せた。わたしはいらないと言ったが、食事開始の音楽が鳴り、菓子は手元に残った。

影のような男が新保をよからぬ方向へ連れて行こうとしているようにわたしには思えた。その宗教の元祖は日蓮だというので図書館からデイジー図書で〝日蓮〟などを借りて聞いた。わたしはキリスト教に関心を持てば新旧の聖書を読む、聞くタイプである。新保はそうではない。

数日の間に電話で知った。彼は毎食後、部屋へ帰って〝お祈り〟を三十分くらい始めたという。顔を洗い歯を磨き、ベッドの横に正座して両手を合わせる。それを聞いたとき、わたしは深いため息を漏らした。だが新保が次のように言ったとき、わたしの感情は爆発した。

「信仰で医者から見放された人が治ったそうだ」

「そんなこと絶対ないわ」

「目だって」

目のことを彼が口にしたとき、わたしは逆上した。

「お祈りすれば目も治るって」

「馬鹿なこと言わないで。その宗教へ入れたいので言ったのよ。祈って治るなら、目の悪い人はいなくなるわ。わたしだってこんなにこんなに悲しい思いをしているのに。あなたなんて嫌いよ。知らないわ」

そしてもう一言出てしまった、

「馬鹿じゃないの！　馬鹿」

震える指で電話を切った。その夜は電話はかかってこなかった。わたしはもし彼のこころをわたしが全身で止めても、新保のこころを宗教から食い止めることはできないだろうと思った。オール白髪のおばあさんは自信がない。それにものを多く言わない人間は頑固である。


夢をみた。

三笠の近くにある小さな炭鉱の街の中を、ひとりの若者が歩いていた。夕陽は彼の影を長く伸ばしていた。影は地面に少しずつ吸い取られて薄くなっていく。若者のこころが影だった。影は揺れていた。小さなつぶやき、
東京へ行こう……。

目覚めたあと、新保から聞いた話を思い出していた。

「おれがおやじを本当の親ではないのじゃないかと疑いだしたのは、小学校の上級生のころだった。中学生になって兄貴に聞いてみた。兄貴は知らないって言った。でも細かいことでずっと兄貴と比較してみた。兄弟の顔はまったく似ていない。親父とも。親

父はおれが中学を出ると失踪した。突然家に帰らなくなったんだ。それ以来親父と会っていない。おふくろは親父を捜さなかった。諦めているようだった。いろんなことを諦めていた。それでも働いて高校へ行かせてくれた。ぼくは何十年も考えた。ぼくは叔父、親父の弟の子ではないか、と。そうすればいろいろなことがつじつまがあうんだ。おふくろは、おれが小学校一年のころからおれをこき使った。水くみ、薪割り、いつもいつも雪の片付け。勉強などさせてもらえなかった。まるで子どものおれを憎んでいるようだった……」

わたしは前に聞いた新保の言葉を頭の中で繰り返して、眠りについた。その中で、やっぱり新保の宗教は受け入れられないと決心していた。

翌日。〝待合広場〟で新保に逢った。彼は昨夜のことはなかったような声で、

「おはよう」

と静かな声で言った。わたしは黙っていた。わたしの怒りが通じていないのではないかと思った。だがわたしの左手は何もしゃべらなかったが、彼の柔らかい手のひらに包まれていた。いつもと変わらないで。わたしたちの手のひらはものを言い合っていたのだろうか。

夜、電話がかかってきた。お祈りは終えたのだろうかと、わたしはすぐ思った。

彼は静かな声で言う。

「今朝ねえ」

「なに」

「パンツが脱げているんだ」

「……」

「どうしてだろう。おれはずっと前から夜はパンツ一枚で寝ているんだ。それが今朝、脱げていた。どうしてだろう」

こころの中で、馬鹿な人ねと叫んだが口先では、

「そんなこと、わたしが知っているはずないでしょ。そんなことしていると風邪ひくわよ。あとでね」

とぷりぷりして電話を切った。照れくさかった。

すぐまたかかってきた。宗教の話は一切でなかった。

「もう、おれは三本目の脚は役に立たないんだよ。入れてやることはできないんだ」

わたしは返事が出来なかった。声がでない。こころの中で、いやね、バカ、と毒づい

ていた。すると彼は穏やかな声でいう。真面目な言い方だ。

「でも、じっと抱きしめていたら、情熱が湧いてきて、最後までできるようになるかもしれない」

「……」

おやすみを言い合って携帯を切った。妙な気がした。穏やかな声に惹かれそうな気がした。こんなおばあさんにあんなこと言うなんて……。彼はわたしの白髪も、垂れた乳房もわかっているはずなのだ。目が見えるのだから……。

十年も前のこと、老人ホームで三角関係で惨劇が起きたと、古くからいる人たちから聞いた。年を重ね、経験は豊富になり、逆に欲望を満たす機会は少なくなり、老いの道はどこへ進んでいくのか。死ぬまで人間はそういうものであるのか。〝悟る〟ということは誤魔化しか。しかし、オブラートで己の感情を包んで生きようと生きまいと、その人の自由だ。


ここ風が谷は、冬は埃を含んだ冷たい風が吹く。

〝さくらの苑〟の館内は乾燥して、埃の臭いが漂っている。

冬の風邪が流行り始めていた。それがここでは風邪より恐ろしいインフルエンザが流行り出していた。部屋から出るときは使い捨てマスクの着用が義務付けられた。在園者の中には使い捨てマスクはもったいないから以前のガーゼのマスクを洗って使うという人もいた。わたしの所へは上質の使い捨てマスクが二十枚友達から送られてきた。新保はあるというので、他の人に五枚あげた。マスクをくれた桜井は「どんどん使って、なくなりそうならすぐ送るから」と電話をくれた。

朝食前に新保から電話が入った。風邪気味なので、売薬を一袋持ってきて欲しいという。わたしはいそいそと自分の常用しているＢＢという薬を持って下へ降りた。ＢＢは朝晩一日二回飲めばいい。わたしには効くと信じているものだ。わたしは古女房のようにこまごまと新保に注意を与えた。周りが聞き耳立てていることなど意に介さなかった。新保がまずわたしを頼ったことが嬉しかった。

昼食は彼は食堂へ出て来なかった。熱が出ればみんなのいるところには来れない。配膳と言って寮母が各自の部屋まで食事を運んでくる。夕方電話があった。

「昼から高い熱が出た」

「インフルエンザ？」

「違う」

「検査したの？」

「した」

「高熱なのに、ただの風邪だというの。おかしいわね……」

新保の高熱は四、五日続いた。わたしは何の薬を飲まされて、苦しい床に寝かされているのだろうと疑問を持ったが、どこへも聞くことはできなかった。ただ心配するだけで何もしてやれないのは辛かった。

インフルエンザは猛威を振るいだした。園内は部屋から出ることが禁止された。食事は、罹っていない者でも全員配膳になった。狭い部屋の中で話し相手もなく、人々は耳をそばだて、息を潜めて病魔の消滅を待った。死者が出ているのではないか不安に思う者もいた。正しい情報が流れなかった。また入浴も廃止だ。頭がかゆくなり体もかゆくなる。タオルで拭いても役に立たない。園内の情報が入らないから不安が募る。もし死者が出ても、公表されないからわからない。ここは在園者に情報を与えない、肉体は拘束するという方針をとっていた。

数少ない看護師たちが飛び回った。厳しい禁足令の中を、インフルエンザはなかなか下火にならなかった。わたしの左右の人たちも罹っていた。秋に〝さくらの苑〟の人たちが受けた予防注射はコストを安くするため、薬液が薄められているために効き目が悪いという話が、ドアの隙間から廊下に流れ出た。施設の老人向けに薄められた予防液が出るということがあるのだろうか。想像もしなかったことが世の中にはいっぱいあるようだが……。

わたしは家から持参していた音声付き体温計で熱を朝晩計り、高級なお茶の葉を嫁から送ってもらい、急須に入れてお茶を度々飲んでうがいをした。

新保は四、五日高熱が続いてから七度代の熱に下がった、と言ってきた。だが熱は七度を切らないでまた上がった。素人でもインフルエンザではなさそうな熱の動きであった。インフルエンザと診断されれば今は良い薬がある。長女が夏に肺炎になって長引いた話を聞いていた。わたしは電話をかけて、新保の症状を心に思い浮かべながら、肺炎の症例を娘にこまごま聞いた。病院に勤めている長女はいろいろな人の症例を話しながら、最後に言った、

「高齢の肺炎は長引く。ぶり返しやすい。死ぬ確率が高い」

わたしは長女の言葉を新保に差し支えないように伝えた。

「そんなにこまごま聞いて、娘さんに誰のことかって怪しまれなかった?」

新保はわたしの子どもに気を遣った。わたしは新保に度々言った。

「もしかしたら肺炎かもしれないわ。寮母でも看護師でも捕まえられる人にこっちから訴えなくてはいけないわ」

〝さくらの苑〟では慢性的に人手不足で、とくに土日祭日は百人の入所者に対して三人ほどの寮母というのは当たり前のようで、用事があっても頼むことはできない。ここでは遠慮していては生きていけない、とわたしは入所二ヵ月でそれを悟った。

息子が逢いにきたが、玄関から入れず、わたしはマスクをして息子の車に乗って食事に出掛けた。チーズや、〝さくらの苑〟で出ない果物などを買って帰園した。息子は外からインフルエンザの菌を持ち込まないために、玄関ホールから家に戻った。買った物を新保に渡したかったが、まるで遠隔地に離れているように、その術がなかった。悔しい思いをして日を過ごした。

新保から電話が入った。

「入院した。昨日の夕方」

「どこへ」

「あらい病院」

あらい病院は〝さくらの苑〟から車で五分くらいのところで、評判はあまり良くなかったが提携病院であった。しかし医師がいることだし、ここにいるよりはずっといいと思った。

新保の低い声がした。

「今、みんな風呂へ行く。なんて煩いのだろう」

ちょっと声が途切れた。わたしは彼は点滴でもしているのではないかと想像した。

――どうしてあんなにしゃべるのだろう。

新保のしゃがれた声が聞こえて電話は切れた。病室で携帯は掛けられない。看護師の目を盗んで掛けられるときまた掛けてくるだろうと、わたしは彼からの電話を待った。

携帯を手許から離さず昼も夜も連絡を待った。

病名が知りたかった。後に、眠れないほど心配したのよと新保にこぼすと彼は言った、

「ただの友達なら眠れないほど心配はしない。それは恋だろう。恋だ……」

それから少しどもってもたもた言った。

「おれも〝老いらくの恋〟……」

電話だから言えたのであろうか。声は真面目そのもので、わたしは後でこの場面を振り返って新保をおかしな男だと思った。

病院へ入ったまま連絡のつかない状態にしびれをきらしたわたしは、新保が入院したことまではわかっているのでその後の所在を教えて下さいと、わたしの担当の寮母に頭を低くして頼んだが、教えられないと冷ややかに断られた。〝個人情報〟の保護というものは個人の愛情を超えるものなのだろうか。

新保は病状が悪化しているのではないか、わたしは看護室へ聞きに行く決心をした。しかし〝待合広場〟以外ひとりで行くことができなかった。わたしは町田さんという女性と知り合いになっていた。彼女は目が割と見えるようで、携帯電話の文字が見えた。それに信頼に足る人であった。町田に同行を頼んだ。目が良ければどこでも行ける。幸い看護室には主任の林という看護師がひとりでいた。町田はドアの外で待っていた。

林看護師は太い声で言った、

「病院でまだ生きているよ」

看護師が何故このような物言いをするのだろうと思ったが、聞き流した。

わたしはこれまで二回彼女に会っていた。一回目は入所した日の金曜日の夕方、林看

護師はわたしの部屋へ来て言った、

「川田さんは血流の薬を飲んでいるから、来週の月曜か火曜に血圧を測りに来ます。土日は休みだから」

ところが一週間過ぎても彼女は現れなかった。二度目はここの診察室で東京の病院の紹介状をここの医師に見せていた。初めての医師は終始無言で、質問もなかったので書類を熱心に読んでいるのかと思って黙っていたら、小さく「胸……」と言った。わたしは今まで脳神経外科の先生に胸に聴診器を当てられたことがなかったので、慌ててボタンを外しかけながら何かを問うた。すると林看護師が「待っている人がいるから」とわたしの口を閉ざさせた。林看護師に逢うのはそれ以来である。

わたしは新保の病名を聞いた。

「肺炎ですか」

「そんなこと教えられない。ま、いいか。そうだよ」

「あらい病院でもしお会いになったら、わたしが心配していたと伝えてください」

「人の心配するより自分が風邪を引かないように」

と言い捨てて彼女は部屋を出て行った。人間の感情を無視したような怖いものなしの感じであった。当然伝言は無視された。わたしたちは彼女を頼らざる得ない人間である。時には命を預けている立場だ。インフルエンザは下火になりつつあったが、わたしは暗い気持ちで町田のところへ戻った。何も言わなかった。町田も聞いてくる人ではない。

その後、思い切ってこちらから携帯電話を掛けてみた。

「こちらは○○バンクです。お掛けになった電話は電波の届かないところにいらっしゃるか電源が切れているため、掛かりません」

機械音が聞こえた。

わたしは病室で携帯電話を見つけられ、電源を切られて取り上げられたのではないかと思った。その後何回か掛けたが機械音の冷たい応答だけであった。新保が元気になり食堂に出てくるのを待つより方法がなかった。情報が得られず待つという辛い日を送った。

私は新保の北海道の生活を想像した。

雪と少年。

細い路地の両側に汚れた雪が積み上げられていた。潰れそうな玄関前で中学生が雪かきをしている。雪は二階の窓に届きそうに積み上げられた。少年は手袋をしていない。

立ち止まって両手にはあはあと息を吹きかけている。軽い咳をする。少年の額に大粒の汗が流れている。少年の顔はぼんやりとしていてよくわからない。少年は黙々と雪の山を積み上げている……。

三　章

＊　春の宵まさぐり繋ぐ手のぬくみ

〝さくらの苑〟へ入る決心をしてからわたしの脳裡に去来した言葉があった。中学生のころ覚えたことわざで、盲人たちが象を評して自分の手に触った部分のみいろいろ言って、象の全体を言い表すことができないというような諺であった。「群盲象を評す」という。

小学校中学年のころにはわたしにはもう、目の悩みが始まっていた。

夜、布団の中へ入って目を軽くつぶった。上野動物園で見た大きな象が現れる。わたしは夢の中で象を触ってみる。

象の大きな尻を撫でてみる、太い脚に触ってみる、長い鼻を触ってみる。大きな耳に手のひらを当ててみる。現実にはわたしはまだ見えていたのに、夢の中では象の全体が出てこない。いつか見えなくなる、その考えはわたしのこころに根付いた確信のように育っていった。事実、今のわたしには象の全体も鼻の揺れも見えない。わたしは布団の中で象を通して毎晩空想を広げていた。目に関して良き指導者がいなかった。

そして高齢まで生き延びて、養護盲老人ホームへ入った。ここは生身の現実であった。中学生のころ、強度近視または弱視と診断されて盲学校へ入った人たちがいた。わたしはそういう道があることさえ知らなかった。すべてわたしは〝ボーダーライン〟にいた。右に行った方が良かったか、左が良かったか、過ぎたことはわからない、片方の道しか知らなかったのだから。教室の黒板の字が一番前の席にいても見えない。どんな厚いレンズをかけても見えなかった。後ろの方にいる級友の顔が見分けられなかった。決断はすべて自分自身でした。それは晴眼者の道で、ラインの波に揺られて舟から落ちそうになっていた。〝群盲〟にならないために勉強しなくてはと思ったが、それも波に揺られるばかりで、纏まった勉強をしなかったことが心底悔やまれる。しかし、過ぎたことを云々したくない。

〝さくらの苑〟へ入って晴眼者の道を、わたしにとっては絶えず針につつかれているようであったが、晴眼者の道を歩くことができてよかったと思った。〃さくらの苑〃へ入って一番の収穫は「晴眼者の道を歩いていて良かった」とふらついていた気持ちが定まったことである。目の善し悪しも貧富の差もいろいろな障害も、ボーダーラインにいることは他から理解されにくい……。

しかし、盲人の世界にいることは生やさしいことではないことを〃さくらの苑〃へ入って身に染みて思った。医学の発展を祈らずにはいられない。山中博士の網膜細胞再生の医学の完成を切に祈る。現在の白内障の手術のように、網膜再生手術ができるようになればいいと祈っている。わたしのような高齢者が死んで、代が替わり、また替わり、その時代が来るだろう。

新保は目のことで苦しんでは来なかったのだ。

わたしは以前から左手の指が震えることがあった。最近酷くなってきて、パソコンの上で指が自動的に数センチも飛び跳ねることがあった。右手の小指も震えだしていた。そのことで、林看護師とあらい病院へ行った。〃さくらの苑〃では在園者が病気になると、看護師が自動車を運転してそれぞれの病院へ連れて行く。看護師が事務手続きを一切して医師に病状を伝える。わたしは初めての病院での受診だった。〃さくらの苑〃では看護師が運転手の役目をすることは知らなかった。林看護師は運転を当たり前のことだと言った。

ＣＴを撮り、採血した。待たされている間に林看護師と話をした。わたしは内心、新保がどこの病棟にいるのか気になっていたが、敢えて聞かなかった。何も見えないが、思っていたより大きな病院のようで少し安心した。林看護師の方から、自分の身の上を話した。苦学して看護師の資格を取ったこと、父親は病気がちであったこと、学校を卒業して病院で働いていたが七年前にここへ来たこと、自分はできるだけ〝さくらの苑〟のためになるよう働いていること、土日の休みも急患があって呼び出されると出てきていること、などである。

新保のことに話を向けると、彼のことはあまりよく思っていないことがわかった。わたしは黙って聞いていたが、新保のどこが気にいられないのか思いを巡らした。ところが看護師は思いがけないことを言った。

「あたしがこんなこと言っちゃ何だけど、あの男は自己中よ」

最後の自己中という言葉を、二度繰り返した。わたしは反対意見を言おうと思ったが、返事を我慢して、言葉の意味を八方から探った。自己中とはどういうことか。新保に愛想がなく、自分の考えていることをぼつっと言うからだろうか。新保が退院してからももちろん新保には林看護師の言葉は伝えない。だが彼も、林看護師を嫌っていた。

「優しさがない」

一言だったが、彼の思いはわたしに伝わった。林看護師の下で働いている若い看護師が辞めるという噂を彼に伝えると、とてもがっかりした様子で、

「ほんとう？ あの人はとても優しい」

と何度も言った。

それは新保がこれから先、病気と深い関わりを持つであろうことをわたしにふと想像させた。

百人の老人に一、二名の看護師ではどうしようもない。次の募集は出してあるが、なかなか人が集まらないのが現状のようであった。来ても早い人は数日で辞めていくという。施設の建物は出来ても、収容される老人はいても、老人たちを世話するヘルパーたちが慢性的に不足している。〝さくらの苑〟へ入った外国人ヘルパーが二日間勤めただけで三日目に辞めてしまった。わたしたちにその理由は判らないが、そのヘルパーは日本語が堪能で、日本に十年以上住んでいた人であるという。わたしの接した範囲では円

満そうな女性で、子どもに学費がかかると言っていた。わたしたちの中にもせっかく来てくれたのだから辞められないように大切にしようという雰囲気があった。なぜ辞めたのか。人手不足に悩んでいる〝さくらの苑〟が検証した様子はない。人手不足で困るのは、経営者側ではなく高齢の失明者たちである。せっかく働くつもりできた外国人ヘルパーを、そのまま手放してしまうのは惜しい。〝さくらの苑〟にでこぼこ穴が空いているように感じる。条件など承知で入り、二日間勤務したのだからフォローできなかったのか。

その昼、新保に〝待合広場〟で逢った。二週以上逢っていない。いつものようにわたしは黙って前を向いて腰掛けていた。新保の現れるのを黙って忍耐して待っていた。そのときわざと立てた足音がして暖かく厚みのある手が肩に乗った。わたしはその手をそっと下へ降ろして、体を横にずらして彼の座る席を作って聞いた。

「車椅子で来たの」

「歩いて来た」

彼は病後らしい雰囲気をたたえていたが、わたしの作った席に堂々と座った、まるでそこが彼の指定席であるように。わたしたちは心の中で素早く会話した。

「肺炎だったの。大丈夫」「うん、心配していると思って、電話しなかった」「待っていた」「ああ、ありがとう」

新保が入院中など留守のとき、わたしの隣に来てよく座る男がいた。その男は新聞の字が読めると自分で言っていた。では盲老人ホームへなぜ入れたかという噂になる。多分精神障害ではないかと囁かれたが、それ以上の追及はない。ここでは輪島園長が承知していれば、最後はだれもなにも言えない。その男は掌に乗るほどの飴とチョコレートをみなに隠すようにわたしにくれたことがあり、私は糖尿病だから、と翌日返した。見えないわたしに顔を寄せてくる。いやな臭いがするからすぐにわかる。わたしはすぐに、寮母に言いつけた。

後に新保に話した。見えない顔の男をひっぱたきたくなるくらい嫌悪した。その男は八十歳を過ぎていて、暗闇の中を歩けないわたしのような新参者を手すりに捕まえさせてひとりで歩けるように〝さくらの苑〟から役目を背負わされているようでもある。それで私と新保が親しくなる前は新人のわたしの面倒をみようという気持ちがあったのかもしれない。わたしと新保が小さな声で話していると身を寄せてきて、聞き耳をたてる。

わたしは、暴力沙汰や殺人などはこのようなことが拡張して起きるのではないかと想像した。ただ新保はあくまで穏やかで、おれが来ないとあの男は君の側に来ていると笑う。かっかとするのはわたしである。新保は、自分がいればあの男はよそへ行ってしまってわたしに近づかないことを知っているから、泰然としている。

わたしはここへ来る前は白杖を手ばなせなかった。それこそ杖は目であり手であった。しかし大勢いる所では杖はぶつかり合って、危険なものになる。盲学校などでは建物の中で使用禁止だろう。わたしは〝さくらの苑〟へきて突然杖を奪われたのだから、手はたえず空を切っていた。たえず新保の手を求めた。

彼は今わたしに一番話したいことを、咳き込むように話し始めた。

食事開始の音楽が鳴ってもわたしたちはすぐ席を立たなかった。寮母に注意されるまでぎりぎりまで身を寄せて話していた。

新保の話である。

入院中、新保宛てに携帯電話の料金の督促状がきていた。わたしたちには、経済的なことや精神的な相談事には生活相談員が、身の周りのことでは寮母がというように、担当が決まっていた。新保には黒石生活相談員と決まっていた。黒石は電話局からの新保宛ての手紙を持っていて、しかも開封して中味を読んでいたが、新保に一言も伝えなかったという。新保の入院中に電話料金の納付期限は切れ、電話は止められた。本人にとって大切なことを、退院まで黒石は新保に知らせなかったという。あらい病院から退院して予後のため、配膳は三日間自室にと定められていたから、新保の焦りは強かった。黒石は高齢の病人が電話を必要に思っていることなど、考えにも及ばなかったようだ。

わたしには〝待合広場〟での慌ただしい説明では理解できないところ、質問したいところがあった。今まで彼の経済的なことなど考えてもみなかった。電話料金はだれでも自動引き落としと考えていた。

ここの園では携帯電話を持っている者はわずかである。操作ができない。買う金がない。通話料を払うことが大変だ。電話を使うことに慣れていない。一番は必要がないということであろう。〝さくらの苑〟では携帯電話、パソコンのメールなどは必要のないものとして位置づけられている。大きな建物の外にも世界が広がっていることを盲老人たちは徐々に忘れさせられていく……。わたしにとっては固定電話がない以上、携帯電話は〝いのち〟のようなものである。ここへ閉じ込められて外からの生の声を聞けるのは、携帯電話のみである。先日操作ミスで携帯が作動しなくなり、わたしはパニックになった。

新保は病気が回復するにつけわたしや他の人たちに連絡したいと思うことがあったろう。黒石はそのような〝自由な考え〟を認めなかった。必要なしと判断されたのだろう。わたしはどれほど新保の病状を心配して、彼からの連絡を待っただろう。新保の抗議に黒石は驚いたし、新保をやり込めることもした。指導員は在園者に対して権限がある。それは〝さくらの苑〟の生活指導員は、在園者の個人の金を預かり管理する義務と権限を任されているからであろう。わたしたちは〝さくらの苑〟の提携銀行Rへ口座を作らされ、その通帳も印鑑も〝さくらの苑〟が持っている。その通帳と届け印の管理と行使の権限をそれぞれの担当の生活相談員が持っているようだ。わたしたちの唯一の収入である年金は全部その提携銀行Rへ入る。わたしは〝さくらの苑〟へ内緒の預金通帳を別に一冊持っている。携帯電話料金などはそこから引き落とした。また〝さくらの苑〟へわたしに逢いにきた友達や子どもたちに、外の店でご馳走した。いずれ新保の病気が完治したら、月二回くらい新保と食べに出たいと考えていた。

わたしは新保の経済的な身の上を聞くにつれ、電話料金などのことなどで彼が黒石にやり込められていることが可哀想であった。「そのくらいのこと、わたしが払ってあげる」という言葉をこころの中で何度も言って、その度に口に出すのを思いとどまった。今は言わない方がいい、あとで言おうと、こころの中で何度も思った。金銭の下手な介入はまだ不安であった。それは新保が信用できないということではなかった。わたし自身のこころが不安定のように思われる。いずれ、短い余生を金の貸し借りではなく、二人の同一のものとして考えられるようになりたいと願っていた。

新保とわたしは人目を忍んで話し合った。なぜ携帯電話が止められたか、わたしにはほぼ理解できるようになった。新保は古くなって故障の多い携帯電話を新しい機種に取り替えてきた。それが十二月のことであった。もちろん新しい機種はローンの支払いにした。そこで〝さくらの苑〟の提携銀行から自動引き落としにすれば問題はなかったのだがその通帳も印鑑も手元にない。次回の支払いは現金を持って来ると新保は店員に約束したが、高熱で入院してしまった。まさかこのようになるとは思わなかった。

わたしは新保に、輪島園長のところへ行こうと誘った。どうにもできない困りごとを園長に直訴してもいいという制度がここにはあると、わたしは聞いたことがあった。輪島園長室は二階の奥まったところにあった。わたしは新保に手を繋がれ、部屋の前に立った。ドアは少し開いていて、中からラジオの音が流れてきた。ノックを一瞬躊躇ったとき、後ろから声を掛けられた。

「川田さん」

わたしは振り返って彼女と正面切って向き合った。

「黒石です。園長先生になにか御用？」

「ええ、ちょっと」

「いま食後のお休みかなにかしていると思うけど」

「新保さんのことで、園長先生にお話しに来ました」

黒石はあきらかにわたしたちを園長に会わせたくないようであった。わたしは新保のことで知っていることを黒石に二、三話した。わたしは輪島園長の直訴のことは疑っていた。これまで二回ほど面会を求めたがいつも寮母に阻止された。答えはいつも園長先生はお忙しい、用件は必ずお伝えしますからという同じものだった。

わたしは今は予約なしで突然来たのだからと思って、素直に引き下がった。ただ新保のことでは介入する、黙って引かない、という態度を黒石にはっきりとみせた。

夕方の〝待合広場〟で新保は言った、

「今日、黒石さんとあんたの話しているのを初めて聞いた。黒石さんの言葉つきがおれに対するのとあんたではまったく違うので驚いた」

それから穏やかに付け加えた、

「おれに金がないからだ」

「そんなことない」とわたしは強く否定したが、真実ではないことも言った、

「あなたも丁寧な言葉を使えば、相手も丁寧になる」

本当は、世の中はこちらがいくら丁寧な言葉を使っても変わらないことが多い。今回のことで新保のこころが一番傷ついたことは、新保宛の手紙を黒石が無断で開封して中味を読み、そのことを何も話さなかったことである。しかも自分は肺炎だった。

翌朝、〝待合広場〟へ行くと、新保はもう来ていて、立ち上がってわたしの耳元へ囁いた、

「黒石さんが来て、今日中に電話は通じるようになるって言った」

わたしたちはぴったりくっついて横並びにいつものように座った。二人のこころは疑心暗鬼という点でぴったり一致していた。

「お金を払って来るらしいけど、細かい説明をしない。それであんたが悪いって言っ

てやったら、あたしが悪いっていうのって怒鳴ってあの人は行っちゃった」

わたしは微かに笑って、

「ここは説明しないからね。わたしたちのこと下にみているのよ。それでも部屋まで言いに来てくれたのだから有り難いと思わなくちゃ」

昼、逢ったとき、わたしたちの会話は二言だけであった。

「まだね」

「うん」

横に置いた手を、そっとまさぐりあっていた。

午後二時ごろ、自室で洗濯物をハンガーから取り込んでいると携帯電話が鳴った。慌てて取った、

「繋がった」

「本当に」

わたしは携帯器から小さな手足が出てきて踊っているように感じた。小さな精巧な、こころを伝えるロボット……。まるで小学生が親から初めて携帯電話を買い与えられたような嬉しさだった。

それからわたしたちは長い話をした。電話の繋がった結末は嬉しかったが、いったん局が止めた電話が簡単に開けるものか、経過が知りたかった。それに今後のことも。

わたしたちの〝さくらの苑〟へ支払う経費は年金から支払われる。わたしも新保も初めての年金が二月十五日に入る。十二月分はR銀行への移行が間に合わないから、各自それぞれもらっている。新保はR銀行に残高がほとんどないのではないか。二月の年金の入金の確認が取れたので電話局か銀行引き落としの手続きを黒石はしたのではないか。黒石は通帳も印鑑も持っていて〝さくらの苑〟にいいという方法で使われるのであろう。もし新保が新しい携帯電話を買わなかったら、肺炎に罹って入院しなかったら、いくらかの残高のある通帳を持っていたら、ここへ入園して数年経っていたら月々の年金がストックされて、いわゆる赤字のような状態で電話を止められなかったろう。わたしは新保と同じ老齢年金と亡夫の遺族年金があるので、新保よりゆとりがある。

新保は憂鬱そうな声をだした。

「ここへ入らなければよかった」

と言いかけて、すぐわたしの存在に気がついたように、そのことには口をつぐんで別なことを言った、

「黒石さんはおれが肺炎で入院したから入院費用もかかるって言った」

黒石は今、参っている新保にネガティブな追い打ちをなぜかけるのだろう。

わたしは少し黙って考えた。彼がもし生活保護を受けているのなら病気にかかる費用は全部無料になるだろう。彼は二十歳のときから東京へ出てきて働いている。厚生年金や国民年金を掛けてきた。短期の職場で年金を掛けないときもあったろう。病気して働けないときもあったろう。彼が六十五歳になって今まで掛けてきた年金を受け取っているが、少ない金額であろう。彼はいつもボーダーラインにいた。国からの援助はもらえない。だが自力で老後をやっていくにはカスカスだ。

新保は「また太ももや尻の筋肉がまったく無くなってしまったので、出来るだけ歩きたい」と言った。わたしは園内を彼と共に散歩したいと思ったが、なにしろわたしの歩き方はカタツムリのようなので、体を鍛えようとする新保の足手まといになると思って黙っていた。彼は外を歩きたいと林看護師に申し出てダメだと言われた。その言い方が問答無用な言い方だったらしい。新保はわたしに、パソコンの中の医学事典で肺炎の予後の注意を調べて欲しいと言った。

〝さくらの苑〟では季節の行事を大切にする。節分の日、みんなに小さな鰯の丸焼きが出た。頭がどちらかしっぽがどちらかわからないので、それぞれかじって食べた。見えない者にも焦げたような鰯の味がわかった。肺炎の予後は休養と栄養が必要だから、新保が隣にいるのならわたしの鰯を食べさせたいとも思った。

風が谷市一帯はほこりが舞い、空気が乾燥していた。インフルエンザは姿を消していった。


日々が過ぎて行く。

新保に川田恭子という女性から電話が入った。わたしと同じ川田という名だ。新保の携帯電話に残っていた名前だ。新保があらい病院へ入院していたとき、何かで新保の存在を見つけたという。川田恭子の正確な職業はわからないが、風が谷市内か近郊の比較的大きな病院に勤めているか、保険会社ではないか、それも長期に勤めている、と想像した。そして彼女は二十年前に県民共済へ夫を加入させたとき、新保も加入させた。夫が世話になったお礼の気持ちだろうか。掛け捨てで月々わずかな保険料である。その後、彼女の夫は亡くなった。新保だけの保険料はそのまま彼女は払い続けた。

「どんな世話をしたの」

とわたしは聞いた。

「たいしたことじゃない」

としか新保は語らない。むかしのことであり、新保は語るのは面倒なのではないかとわたしは思った。

川田恭子は〝さくらの苑〟の黒石を訪ねてきて保険金受け取りの手続きをした。保険金はわずかなものであったが、新保の口座へ入った。新保は思いがけず自分の知らない保険金が入ったのである。黒石は川田恭子と新保の関係を尋ねたという。何の関係もない男の保険料を二十年も払い続けるはずがない、などとかなり露骨なことを言ったという。川田恭子は黒石には二度と会いたくないと立腹して新保に語ったという。

彼女は新保を誘って風が谷市内の店で昼食を摂った。そのとき新保はわたしのことを、自分には〝さくらの苑〟にこれこれの人がいると彼女に話したという。

彼女は、「そういうことなら今度三人でお食事しましょう」と言ったという。彼女は六十歳くらいだろうか。新保は淡々としているが川田恭子の方は保険料を払い続けることで新保と繋がっていたかったのではないか。今もわたしという存在がなければ、新保はここを出て二人で暮らすこともできるのだ。目の悪いわたしよりかなり若い仕事の出来る人と暮らせるのだ。

彼はそのような計算は頭にないように見えるが、わたしは微かに疑いの目で新保の心を測った。

新保はここへ入る直前は年金をもらいながら、ランドセルの行商をやっていたと言った。見本のランドセルを二個ほど持って子どもや孫のいる家庭を訪問し、ランドセルの説明をして名刺を置いてくる。あとから電話がかかってきて買いたいと言われて届ける……。

「けっこう売れた。小遣い程度だけど……」

彼の真面目さ、率直さが受けたのであろうか。

「保証はぼくではなく代理店がすると、それだけはきちんと言った」

新保がわたしのことを彼女にどのように話したかわからない。ただわたしは川田恭子が新保の保険金を払い続けたと聞いたとき、、新保のこころはわからないが彼女はずっと新保の面影を抱いていたのではないかと思った。だが新保を見ていて考えを変えたのである。なんでもない、と彼が言うのであればなんでもないのであろう。黒石の考えは俗悪だ。いままでのわたしなら黒石に近いだろう。だが新保が違うというならそれを信じよう。新保も川田恭子も信じよう。人の善意を信じられる人間になれなくてはならない、と自分を戒めた。

仮に、わたしが川田恭子の招待を受けて三人で食事をしたとしよう。二人はわたしの一挙手一投足が見えるのだ。わたしは天ぷらや刺身を箸で上手に挟むことができない。きっと無様に天ぷらをテーブルに落とすだろう。醤油をブラウスにこぼすだろう。新保や川田恭子が優しければ優しいほど、わたしは劣等感が募るだろう。両手は緊張のあまりブルブル震えるかもしれない。泣くのをこらえることが出来るかどうか。二人はわたしを理解できなくて戸惑うだろう。わたしは三人で食事に行くことは返事をしなかった。いずれ彼は見える者に対するわたしの劣等感を理解してくれるだろう。いつか、わたしの苦しみを、いつか、その内……。

ある日の午後、プレクストーク(註)で小説を聞いていた。微かにドアがノックされ、静かに開いた。わたしは急いでドアの方へ両手を泳がせた。

彼は中へ入り、ドアを閉めカーテンを引いた。囁いた。

「来たよ」

新保はわたしの肩を抱いて、すぐ放した。メガネがぶつかりあった。わたしはそのときまで新保がメガネをかけているのをまったく知らなかった。わたしの方はいつも遮光メガネをかけていた。わたしはメガネがぶつかりあったのに驚いて、彼の胸をそっと押した。彼はすぐわたしを放して手を取った。ドアを開けてだれか入ってくるかもしれないと内心恐れた。わたしのこころはもう一度、先ほどは触っただけであるからもう一度強く抱きしめて欲しかった。しかしわたしは手で椅子に腰掛けるように勧めて、無言で彼に向かった。言葉でも態度でも「抱いて」と表現することは出来なかった。

彼もまたわたしに触れなかった。

「階段で三階まで来た。君の部屋が近かったから寄った」

エレベーターで来ると、わたしの部屋まで少し歩く。寮母室の前を通らなくてはならない。たいてい寮母室に寮母は何処かに出ていていないのだが、見られたくないと思って新保が通れば、寮母はめざとく新保を見つけるだろう。

彼はドアにかかっている表札が見えるのだ。

彼は部屋を見廻していたらしく、

「このくらい広ければいいよ。ぼくのところへ来たら驚くよ」

と言った。彼は綺麗好きで、衣類など部屋はきちんと片付いているようだった。わたし

は何種類かあるスティックの飲み物を示して、

「好きな物を二つ入れて」

と彼に頼んだ。彼は丁寧に紅茶をいれてくれた。美味しいというので紙にくるんで残りを渡した。

「ねえ、半年か一年したらあなたの部屋を新館に移動させて欲しいって、園長先生に嘆願書を出してみましょうよ」

とわたしは言ったが、新保は返事をしなかった。新保は園長がそんなことを聞き入れるはずはないと思い、わたしは熱心に頼めばという甘さがあるのであろう。

わたしは新保がいつかわたしの部屋へ来ることはわかっていたので驚きはなかった。ただどのように持てなしをしていいかわからなかった。彼は三十分あまりで帰ったのだが、その日のうちに彼がわたしの部屋へ入ったことが噂となって広がった。

「あなたのためを思って言うのよ」

噂を流した女は言った。あなたのためというのが噂を流す女たちの決まり文句だ。そして彼女は言った、

「だいぶ前からみんなの噂になっているのよ。しかも今日は部屋へ入れたでしょ。知

り合ってまだ二ヵ月か三ヵ月でしょう。しかも相手は見える。怖くないの。あなたはまったく見えないのよ。部屋で何かなくなったってわからないでしょう。新保さんは身内がいないそうね。相手が何年もここにいて人柄がわかっている人ならいいけど。何かあったらだれが責任取るの。みんなあなたのことを心配しているのよ。人をそんなに信じちゃダメよ。ほんとうにみな呆れている……」

言外に五年も十年もいてもいい人ができないのに、手が早い、というニュアンスが込められていた。わたしは彼女の話を聞き流しながら、それは新保のことかわたしのことか、ぼんやりと考えていた。わたしは終始無言を通したので、彼女は自分は親切で言っているのだと繰り返した。

わたしは彼女の話を聞いていて途中で腹が立った。新保に黙っていようと思ったが彼の悪口を省いて話をした。

「人の噂も何日とか言うじゃないか。そのうちなくなるよ」

新保はそう言ってから付け加えた、

「羨ましいんだよ。焼き餅やいているんだ」

彼は自分たちに満足しているように静かなゆったりとした口調で言ったので、女ごころをくすぐられるようなものがわたしの身内を走った。
県会議員、市会議員の選挙がひと月もするとあるらしかったが、おおかたは無関心のようであった。情報が上がってこなかった。わたしはどのような方法で大勢の盲人たちは投票をするのであろうかと気にかかっていた。わたしはこれまで棄権をしたことが一度もなかった……。

（註）プレクストーク＝デジタル録音図書再生機

四章

新保の話では新館からすみれ館へ行く廊下の途中に〝休憩広場〟という所があると言う。以前はたばこを吸う人たちのたまり場であったらしいが、いまは灰皿は置いていないという。

「お天気のときは日なたぼっこをしている人たちがいるんだ。それにこの建物の中を何人かで散歩しているグループがいて、そこで休憩しているらしい」

わたしは晴天も曇天も雨天も知らないで暮らしていたから、すぐ言った、

「連れて行って」

わたしは自分の部屋からひとりで行けるのは〝待合広場〟だけ、浴室も催し会場もひとりでは行けない。隣室の松田に「もう三ヵ月にもなるんだから、いい加減に覚えなさいよ」と説教されるが、暗闇をひとりで突き進んで行くことはできない。まして今は新

保がいるのだ。彼は目に見えないが徐々に優しさが増してくる。盲目の目となるように、こころの中で考え始めているのではないか。

朝食を終えて急いで部屋へ戻り、歯を磨き、常用の血圧を下げる薬と血流をよくする薬を飲んだ。新保がもう迎えにきた。

「晴れているよ」

彼はやや厚みのある右手でわたしの左手を強く握ると、すたすたとエレベーターに向かって歩き出した。三階の廊下は幅が広く、片面窓ガラスが長く続いている。その眺めをわたしは見ることができない。窓ガラスを叩いてみるだけである。

エレベーターに乗る。誰も乗っていない。一階で降り左手へ曲がり、すぐ二階止まりのエレベーターに乗る。わたしには初めての場所だ。彼は無言だが、わたしの手は離さない。わたしは「あら」、とか「はじめて」とか、口走る。

エレベーターを降りると歩いた。

「あら遠いのね」

とわたしが言うと、しばらくして彼は、横にいくつか長椅子が並んでいるらしい奥の方へ、わたしを腰掛けさせた。

「誰かいる？」

「二人くらい。ガラス窓が大きい。遠くまで外が見える。日が当たっている。暖かいでしょ？」

「うん。空が見える？　青い空が見たいわ」

「うん」

「空の青、真っ赤なバラ、あなたの笑顔、これが今見たいものよ。ねえ、見せて」

新保をわたしは困らせた。わたしの言葉を新保は人に聞かせたくないだろう。いや、聞かせたいかもしれない。

「……」

前を静かに右から左へ、左から右へまた一人通った。

「男だ」

「女だ」

と新保はわたしの耳へ囁く。わたしは次に前を通った人に声をかけた、

「お早うございます」

彼は答えて言った、

「晴れているようだね。曇らなければいいが」

新保は黙っている。見えるのだから何か言えばいいのにと、わたしは内心思う。わたしはこの色彩に満ちた世界を七十歳近くまで見えていたのだから、生まれたときから、幼いときから見えない人より感謝しなくてはならないと理性では思う。しかし一度知ったものはどうしても忘れがたい。

生まれたときから見えなかった人が、大人になって世界をいろいろ知った。彼はピアニストになっていた。

「それでも、一度だけ、世界を見てみたら、どうだろう。すぐ元の目に戻っても一度だけ。ああ、自分の頭は混乱してしまうだろう。元の生活にすぐ戻れるだろうか。それでも、一度だけ見たい」

わたしもいま世界が見えたら、それを手放さないため地球を抱いて死んでしまいたい……。

わたしは少し離れたところにだれかがいるのに気が付いた。新保を引っ張ると、

「よっちゃんだ」という。

「知ってるの？」

「散歩のときちょっとだけ話したことがある」

わたしは思い出した。新保が、エレベーターのところでまごついているおばあさんがいたので話しかけて、おばあさんの腕を取ってエレベーターに入れた。

「手が小さくて骨ばかり。腕も細い棒のようで驚いた」

それがよっちゃんだったのだ。わたしはよっちゃんに話しかけて彼女の身の上を聞いた。新保は一言も口を挟まないで、黙って聞いている。

よっちゃんは九十六歳。気が向くと園内をひとりで歌を歌って歩いている。昔の流行歌や童謡で、きれいな声で節回しも正しい。みんなからよっちゃんと呼ばれて親しまれている。彼女は二歳のとき失明した。親元に小学校へ入るまではいたが、そのあとは転々とした。

昔のことで、どこの盲学校へ通ったか、どこの寄宿舎へ入ったか、もう覚えていない。〝さくらの苑〟には二十六年いる。そのときはもう、あんまさんで働けなくなっていた。ここへ入って始めのうちは正月などに親戚の者が呼んでくれたので、泊まりに行っていた。でもなんとなく歓迎されないような様子が感じられたので、九十過ぎてからは、もう行かないことにした。親戚っていったって、甥の子どもだもの……。

よっちゃんは長椅子に横になって、眠り始めたようだ。わたしは最後に聞いた、

「よっちゃんのお国はどこ?」

「四国」

よっちゃんは半ば眠りの中から答えた。遠いところから流れて終焉の場所に来ているのだ。

その後わたしは、よっちゃんの澄んだ歌声を聞いた。細い声のソプラノだった。若いとき、盲学校でコーラスをやっていたという。ふらふらと〝待合広場〟を歌いながら通り過ぎて行った。

名も知らぬ　遠き島より
流れ寄る　椰子の実ひとつ
故郷の岸を　離れて
汝はそも　波に幾月

（島崎藤村）

わたしは見えない目で、よっちゃんの歌声を追いかけ、脳裡にその小さな姿を焼き付けた。あちこちにおもらしをしているという噂を聞いた。あちこちではなく一度だけかもしれない。

新保は北海道出身の女たちと知り合いになっているようだった。彼は二十歳のとき出てきて一度も帰っていないと言っていた。わたしはそれを聞いたとき、半世紀も音信不通であるということは、それぞれの家庭もゆとりがなかったのであろうと思った。

「親たちはもう生きていないだろうし、兄貴はどうだろう」

と新保はつぶやいた。そしてわたしに、

「北海道ていったって、ぼくのところは汚くて小さな街だった。海や山もなかった」

わたしは言葉にださなかったけど、こころの中で、いつかふたりで行ってみよう、街も綺麗になっていると思うよ、と言った。老齢になれば郷里は懐かしいであろう。東京生まれで地方を知らないわたしとは違う。

新保から話を聞いた女たちがわたしに話しかけてきた。

「新保さんは三笠なんですってね。うちから三笠は一時間くらいだけど行ったことはないわ」

と彼女は懐かしそうに言った。

「あたし、一度郷里へ帰ったことがあるの。そのころは少し見えたのだけど今はだめ。新保さんて優しい人ね」

その彼女は〝待合広場〟へ来るときなど、いつも決まった男と腕を組んでいた。ここの内縁の夫であろう。新保はその男から〝ここの夫婦〟の届けの方法を教わってきた。二人だけで廊下で偶然会ったという。男たちふたりは目が見える。

「細かく教えてくれたよ」

わたしはここのやり方に反感があった。そんな子供だましのようなやり方を踏まえたくなかった。まず担当の寮母に話してから上に進むというのを聞いて、わたしは言った。

「あなたの担当の寮母に言ってちょうだい。あなたから話を進めてください」

新保は黙っていた。わたしは黙っている新保の気持ちはわかるような気がした。このままわたしが放置すれば話はなかなか進んでいかないだろう。彼は黒石にやられたことを忘れないだろう。劣等感を持っているかもしれない。それにわたしはこんなとき古い考えが出てきた。こういうことは男性指導でやってもらいたい。わたしは言った。

「今度子どもが来たら食事に一緒に行きましょう。うちの子たちは車で来るわ。あなたが一緒でも、わたしのすることには何も言わないわ」

新保は黙っていた。わたしはこころの中で、そのときが来たら強引に連れて行ってしまおうと決めていた。次女は新保に優しく平静に接するだろう。あれこれ質問をすることもないだろう。しかし息子は、新保には何も言わなくても、後でわたしにぶすっとしているだろう。しかし、わたしは子どもとは別だと思っている。八十歳にもなっているのだ。自分のことは自分がいいようにしたい。子どもたちにあれこれ言われることはない。

〝さくらの苑〟には北海道出身の女たちが三、四人くらいいることがわかった。はるばる埼玉県の風が谷へ来て晩年を送り始めていた。彼女たちはみんな新保を「優しい人」と言う。女の多いここでは、少し見える男たちはもてるのかもしれないと、わたしはふと思った。

わたしたちは噂を気にすることもなく互いを信じ合っていたが、わたしは林看護師に新保さんと川田さんは合わないと言われた。もちろん新保には伝えなかった。肺炎後、新保の体調はなんとなく弱ってきているように感じられた。園に入っていなければ大きな病院へ検査に行くのにと、わたしは密かに思っていた。ここでは看護師に頼むのは無理だろう。具体的に今は症状が出ていないのだから。だが新保の体調を心配することはわたしたちをより寄り添うようにさせた。

〝さくらの苑〟では毎週木曜日、食堂の半分を使って近所の八百屋が野菜や菓子類を売りにきていた。わたしはエレベーターを降りたところで新保と待ち合わせて、野菜を二人で買いに行った。それまでひとりで行って心細い思いをして、見えない物を耳と手を頼りに買っていた。新保は、みかんを手に取ってみて、買った。ミニトマト、キュウリ、カステラ、たまごスープなど、ささやかながら、おままごとのように買った。周りの目は気にしなかった。重い買い物を、新保はわたしの部屋まで持って来てくれた。わたしは部屋でそれらを新保と楽しみながら分けたいと思っていたが、寮母に部屋をのぞかれる可能性があったので、新保はそそくさと帰った。

寮母たちがおひな様の日のおやつに、桜餅と水ようかんとどちらがいいか聞いて廻っていた。新保は俺のところに聞きにこないと言う。どっちでもいいじゃないの、必ずもらえるのだからと言うと、彼は案外こだわっているようで、わたしは少しおかしかった。ひな祭りにあられや桜餅を食べるような生活は、今まで縁遠いことであったのかもしれないと想像した。おまけにわたしが東京大空襲のとき大切なおひな様が家もろとも燃えてしまったこと、父方の祖母も焼け死んだことなど戦争末期のことを彼に話したりしていた。そのとき焼けたおひな様の顔の愛らしさを強調しすぎたのかもしれない。わたしは甘いものはあまり好きでないからどちらでもよかったが、新保は甘い物好きらしかった。

新保は時々忍んでわたしの部屋へ来るようになっていた。土曜日の午後は寮母がほとんどいないから、二時間くらいわたしの部屋に出入りがないので土曜日の午後に来てと、わたしは提案した。新保に栄養を取らせたいという考えはわたしの頭にいつもあったが、厚いステーキを食べさせることなどここではできない。たまごスープがおいしかったというので、カステラをつまみながら飲んだ。熱いスープを新保は熱心にひっそりと作った。わたしのベッドがずれていたのを彼は直してから、

「またずれたら、子どもさんに押してもらえばすぐ直るよ」

と言った。わたしはこころの中で、あなたが来て直してね、と答えた。

わたしたちは狭い部屋の中で特に話すことも触れることもなく、今の時間の中に静かに浸っていた。異性を意識しあっていたとは言えない。男女の空気の中にいたとも言えない。曖昧な空気の中で相手を思いやって、その曖昧さを楽しんでいただけかもしれない。

い。

それからは、新保はわたしの部屋へ来れなくなった。体調の不調を訴えだしたからである。

数えてみると彼がわたしの部屋へ来たのは三、四回くらいである。

わたしの部屋から遠いすみれ館の部屋でどういう時間を過ごしているのか、食堂に姿を見せないときが増えた。いつも互いに電話をしあった。食堂の食べ物がまずい。無理して食べて吐いたという。空腹なのに腹が膨らんでいる。まったく食欲がない。苦しいとか辛いとか、泣きごとは言わなかった。

〝待合広場〟で隣に並んでいると、彼のぜいぜいという息使いが腕を超えてわたしの心臓まで伝わってきて、ともに動悸が打つようであった。

わたしは周りが煩いときなど新保と二人きりになって、彼に強く抱きしめて欲しいと思った。また、わたしに心配させないように無理して〝待合広場〟へ出て来るのではないかと案じた。

木曜日、野菜を買いに行く約束をしていたが、前夜電話をしてきて、急に明日医者に行くことになったという。それで電話を切るのかと思ったら一息ついて話し出した。

「さっきねえ。下剤を飲んでも効かなくてお腹がふくれていた。林看護師が来て浣腸をしてくれた。一杯出て出て、今は少し楽になった」

彼は少し笑った声で、

「あの人には、俺は一生頭があがらない」

わたしは嫌っていた看護師なのにと思った。後日、林看護師から話を聞いた。

「新保さんは男性のシンボルを見せるのを、なかなか、とても恥ずかしがる人で、からだをよじって見せまいとして……」

しかし新保のからだの中の悪いものはまだまだ残っていたようで、彼は、胸が痛い、からだになにか詰まっている、などと言い出した。

木曜日は、あとで聞くと、風が谷日赤へ行って来たらしい。その夜は電話連絡はなかった。

わたしはこちらからかけるのを遠慮した。わたしたちは互いに遠慮がある。若い人たちとそこが違うところだろうか。また〝さくらの苑〟という大きな〝建物〟に閉じ込められているという感覚がある。

翌朝結果を問うわたしに、普段よりもっと言葉少なく、しかも小さな声でしか答えない。説明をごまかすように、よくわからないので、また行くと言った、医者という言葉を省略して……。わたしの残したパンは当然いらないと思ったが、一応尋ねると、いるという。

「そうね。一口でも食べればね」

木曜日に新保用にと買っておいたポンカンや乾し芋などを、他の人にわからないように渡した。盲人は敏感だから気をつけた。あとで考えると食欲のない人にあげるのだから、周りに遠慮することなどなかったと思う。

わたしの小学校の同級生が、東京から風が谷までわたしに逢いにくるという話が浮上してきた。二月の半ばごろから出ていた話で、暖かくなったらと言っていたのが三月十六日の土曜日に決まった。八十一歳の同級生が東京から風が谷まではるばる来る。赤羽小学校の同期だ。六年生のとき日光へ修学旅行へ行ったのだなあと、ぼんやり思い出す。〝さくらの苑〟へ入るときも送別会を開いてくれた中の三人だ。わたしは嬉しかった。彼らは盲老人ホームを見たことはないから、建物内を説明してやりたかった。

新保の体調が気がかりであった。小学時代の友達が来ると話したとき、返事がなかった。新保は食堂に出て来たとき、食事の遅いわたしを廊下でいつも待っているようになった。

「エスコートする人が待っているよ」と寮父が教えてくれた。わたしが食堂を出ると新保がすぐそばへ来て、手を取る。そのまま手を引かれエレベーターのところまで行き、大勢いると、わたしを中へ入れ周りの人に小さな声で、「お願いします」と言った。そのようなことを人に言ったことは今までにない。誰も返事をする者はいない。ここではみんな独立独歩だ。

しかしわたしのこころはしっかりと新保の声を聞いていた。彼はわたしの保護者のようなこころが生まれたのだろうか。エレベーターに誰もいないと彼は素早くエレベーターの中へ入り、三階のボタンを押した。そしてすぐ外へ出る。わたしは素早く言う。

「ひとりでも出来るから」

新保はエレベーターの扉の隅に立ちわたしを見送る。わたしは薄く黒い影に向かって、またその方向と思う方へ、手を振る。胸のあたりで小刻みに振る。扉が閉まり床が上に向かって動きだすまで。わたしは電話で新保に聞いた、

「ねえ、手を振っているの、わかる?」

「うん、大丈夫だよ」

そのようなことが続いたとき、三階へ上がっていくエレベーターの中でわたしの知らない男が言った。

「だれかひとり、エレベーターに乗って上にあがらない男がいる」

わたしは全盲の彼の勘の鋭さに驚嘆した。

食事に行くとき、わたしは三階の古い人たちより五分くらい早く、エレベーターをひとりで降りる。下で新保が待っていてわたしを受け止める。

「きみがひとりで降りてくるときはわかる。三階の扉が閉まってから一階のボタンが点くまで時間がかかる」

「あたし、三、二、一って順番に指で触って確認してから一を押すから、時間がかかるのよ」

わたしは以前間違えて二を押してエレベーターが止まり、扉が開いたところで外へ出た。長い廊下を何も見えないまま歩いていておかしいと気づいたとき、声を掛けられた。

「どこへ行くの。ここは二階よ」

二階担当の寮母だった。

わたしは新保が一秒に満たない時間の差に気がついたことに内心驚いたが、口には出さなかった。一秒に満たない時間の差に気がつく愛情。細やかで大きな愛情。わたしは新保を愛しいと思った。わたしは五年前なら新保の姿がぼんやり見えただろう。十年前なら新保がわたしの方向を見て立っているのがぼうっと見えたろう。立っている人間の裏表がわかったろう。

三階に松田というボス的存在の女がいた。ここに入って十年という。この〝さくらの苑〟の裏面のようなことも知っている。記憶力は抜群の人で、頭の回転が速い。三十代で見えなくなってきたらしいが、見えていたら人を教える立場にいただろう。まわりはそれを知っているし、本人も自覚している。松田の〝さくらの苑〟に対する批判は的を得ていた。

「園長は見える世界を全く知らないのだから、見える人の意見をもっと聞いて物事を決めなくちゃ」

と言った。だが彼女は人のことを、

「あのバカ。バカなんだから、バカバカ」

と言う癖があった。わたしはここに慣れてくるにしたがって松田に、

「貴女は、あのバカ、あのバカって人のこと言わなければ素晴らしい人なんだけど」

と何度も言いかけたが、松田の反応が予想がつかなかったのでやめた。それにわたしはここの生活で彼女に教わることが多かった。多分彼女は川田さんばかりでなく、目の悪い人には親切にしていると言い放つだろう。わたしは松田の好意とわたしのことを支配下に置いておこうというような、ある意志のようなものを感じていた。

わたしは松田に監視されているようにいつも感じていた。松田はまるで目が見える人のように動けた。わたしは新保に、

「女の友達の付き合いも大切だからね。ごめんね」

と言った。新保は黙っている。仕方がないという気持ちだろうか。わたしは新保といる時間を松田に割かれているように思う。松田の目がなければもっとのびのびと新保との時間を持てたろう。噂を流した元凶が隣室の松田だとわたしは思っていた。これを新保に話したら彼はまっすぐに怒るだろう。わたしの意志薄弱さとあちこちにいい顔したいという気持ちが、一番悪いのだ。

新保に松田さんと三人で話ししない、と言ったことがある。新保は少し考えてから、

「もう少し経ってからにしよう」

と言った。わたしは黙ってそれに従った。新保はわたしの気持ちがすぐ揺れ動くこと、

また松田とケンカしかねないことなど思ったことであろう。

最近の新保はわたしの手を食堂の入り口で離さないで、わたしの席の重い椅子を引っ張ってきて、わたしを座らせようとする。そんなところを寮母に見られたら大目玉である。わたしは慌てて、ひとりで大丈夫だから、と小声で言った。

新保が前に南紀の大きな蜂蜜入りの梅干しがおいしかったと言っていたのを思い出して、デパートで買ってきてくれるように同級生に頼んだ。土曜日であっても新保はわたしの部屋へは先週も来ていない。たとえ十六日土曜日、友達が来なくても彼は来れないだろう。新保が食堂へ出て来れないで配膳で自室にいるとき、電話した。

「早く病気を治して、余生を楽しく暮らしましょうよ」

そしてわたしは思いつきをしゃべる。

「旅行に行かない?」

こころの中で言う。北海道でも何処でも。お金は心配ないわ。新保はゆっくり考えて答える、

「でも、ぼくは体力がなくなっているから、あんたの荷物を持ったり、棚に荷物をあげることができないと思うよ」

「じゃあ、ここを出て何処かでふたりで暮らしましょう」

「家を借りるのにはとてもお金がいるんだよ」

わたしはこころの中で答える。そんなこと知っている。あなたよりわたしの方が世の中を知っているかもしれない。わたしたちは携帯電話を手に、しばらく黙りあった。わたしの亡夫は小規模な会社を七度創って、七度失敗した人である。妻であるわたしは、そばでその苦難を見ていた。夫の仕事は一貫していて〝太陽光エネルギーの利用・自家発電装置の設計から設置まで〟というものであった。

わたしは笑顔を作って友達を迎えた。こころの中で視力を失ってから、笑顔も失ったような自分を意識していた。最近は新保といるときだけこころが開いていて、軽口がでた。デパートで買ってきてくれたお弁当がとても美味しかったので、新保に食べさせたいと思った。梅干しを彼に渡すのもどうやればいいのか。ひとりで行動出来ない自分が情けない。六十年ぶりで〝仰げば尊し〟を三人で歌って笑いあった。しかしその日一日、新保の苦しみはわたしのこころの中にいた。途中で携帯が鳴った。慌てて出たが別の人からの用事だった。わたしのところへ友達が来ているのを承知している新保が、電話を掛けてくる筈がない。

五章

＊ 病めるきみ窓をとおして花見かな

十六日土曜日の夕方、新保は入院した。その二日後、本人からの電話でわたしはそれを知った。同級生が来ていて歌などわたしがうたっているとき、彼は苦しんでいたのだ。

〝さくらの苑〟は、なんと惨い制度をかたくなに守っているところだろう。本人が死ななければ、その居所を教えてくれない。日曜日、わたしは一日、新保からの連絡を待った。月曜日の朝、新保担当の寮母の田中が食堂に来ていたので、わたしは彼女を必死で追いかけ、新保のことを聞いた。

「教えられません」

形式的な答えだった。一瞬戸惑っているうちに、寮母の姿はわたしにはわからなくなった。

十八日の夕方、新保から比較的落ち着いた声の電話が入った。土曜日の午後はかなり吐いたらしい。吐いても吐いても吐き気は止まらないで、苦しかったようだ。彼の肉体の痛みがわたしのこころに同じ痛みとなって繋がっていたのだ。

「ここへきて三日、いろいろ治療したから楽になった。夕食も出たので食べたよ。海老の天ぷらがでた。美味しかった。きみに食べさせたかった。羨ましいでしょ」

「羨ましくなんかない。早く帰ってきて」

わたしは低いが強い声で電話口で叫んだ。

「うらやましがらせようと思ったがダメか」

少し笑った声がした。やや沈黙があってから、静かな声が言った、

「ぼくはきみがいなければ〝さくらの苑〟へは帰りたくない」

きっぱりと言った。そして、

「あらい病院は死んでも行きたくない。ぼくを誤診したのだ」

この冬インフルエンザが流行っていたとき、新保は高熱が続き、あらい病院へ二週間ほど入院して肺炎と診断されたことがある。

新保は静かに、淡々と話した。

「お部屋はひとり部屋？」

「うん、広い」

「なんの病気？」

「よくわからない」

そんなことあるものかと、わたしは内心思った。この人はわたしが付いて行って一緒に医者に聞かなければわからないのかと、傲慢に思った、自分の医学的知識がないのを棚に上げて。

「ねえ、電話しても大丈夫なの」

「うん、出られないときもあると思うけど。そのときはあとでぼくが掛ける」

そのでられないときは、新保が吐き気におそわれたり息がつまって、看護師の治療を受けているときなのだ。新保はそういうことは口にしないから、わたしにはわからない。わたしは大病をして入院したことがなかった。わたしは心配ばかりが先だって、役にたたない人間であった。

翌日かかってきた電話。

「今日ねえ。看護婦が風呂へいれてくれた。とても気持ちよかった。全部脱いで隅から隅まで洗ってくれた。」

「さっぱりしてよかったねえ」

「あのね、男のあそこのぎりぎりまで洗ってくれるんだ。看護婦っていったって若い娘だ。いいのかしら。おれは恥ずかしかったよ」

「馬鹿なこと言って」

わたしは、こんなことを話せるなら、彼の病気は重症ではあるまいと、一瞬思った。わたしは黙っていた。新保の軽い言葉はそれ以上続かなかった。暫く考えて、続きのように言った、

「おれでいいのかな、ほんとうに」

わたしはとっさに言葉が見つからなくて、黙っていた。こころの中に言葉はいっぱいあったのに、そのままの新保でいいと思っていた。お金も学歴もいらない。ただ病状がわからないので、わたしから言葉を奪う。

翌日、新保が、小さな声で遠慮するように言った、

「拝んでいたから病気が苦しいときもすごせたのじゃないかと思うよ」

わたしは返事をしなかった。こころの中で、じゃあ早く病気を治してもらってよ、と毒付いていた。長い間一言も宗教のことを口に出さなかったが、彼のこころの中にどう続いていたのか。もっと病状が悪化して死と直面していたら……。

一日かかってこなかった。わたしは自分からかけるのを我慢した。待つことのできないわたしが、我慢して待った。

〝さくらの苑〟で地方選挙の期日前投票があった。投票所はここの二階の集会所であることを知った。一ヵ月ほど前、立候補者のひとりが話にきた。在園者全員が集会所に、輪島園長お声がかりで集められた。その少し前に、選挙を棄権するか否か、ひとりひとり聞かれていた。棄権する人は集まらなくてもよかった。新保は簡単に棄権と決めたので、わたしは彼は政治に関心がないのかと思った。またわたしと新保は同じ六月生まれとわかったとき、新保は縁があると言ったが、わたしが六月になったら誕生会に揃って出れるのね、と答えたとき、返事がなかった。先のことを言わなくなったのを気がつかなかったのだ。

集会所に全職員、在園者が集められた。○○党の、〝さくらの苑〟がなにかと御世話になっているという男が、みんなの前で話をした。園長は彼を紹介して〝さくらの苑〟

はたいへん御世話になっていると言った。二人とも選挙の話はしなかった。集会所の帰りエレベーターを待つ間に、松田が大きな声でさかしげに言った、

「ここはあの人に御世話になっているのだから、それに地元同士なのだから清き一票をわたしたちはあの人に入れなくてはダメよ」

みんなは黙って聞いていた。

期日前投票の日、事前に棄権の意志表示をした者以外は、十時にマイクで順番に名前を呼ばれた。投票所となった二階の集会所の廊下に並べられた椅子に腰掛けて順番を待った。わたしは名前を呼ばれた。

「川田さん」

多分寮母の誘導係に誘導されて、部屋へ入って行く。右手にテーブルが置いてあり、その上に大きな箱があるようだった。男が箱の中から出して封筒をわたしに手渡した。

「投票用紙です」

事務長の声に聞こえた。わたしは両手で封筒を撫でた。次のところに誘導される。五、六歩のところだ。封筒をわたすように言われる。テーブルに三人の職員が並んで腰掛けていた。その前に置かれた椅子に腰掛けた。

「選挙する人の名前を言ってください」

左端の女性が言った。わたしは一瞬緊張して答える。ここの推薦の議員ではないからだ。

「あおばみどり」

左端の女性がわたしの言葉を繰り返した。

「あおばみどり」

真ん中の職員が言った。

「記入しました」

右端の女性が言った。

「間違いなく書かれています」

そして誘導されて隣の部屋へ行く。背中でわたしの次の人が部屋へ入ってきて事務長から封筒を受け取っている様子がわかった。わたしたちはスムーズに流れているのだ。

誘導係は言った。

「投票箱へ入れてもらいます」

わたしは箱の入り口を手で触って、穴にいれた。

「これでおわりですから」と部屋の外へ出された。

妙な気がした。それはいままで慣れ親しんだあの大きさの投票用紙に触っていないからだ。投票箱も封筒ごといれた。しかし今、失明したわたしはとんでもない勘ちがいをすることがあるからと思って、疑問をだれにも話さなかった。ただ、気をつけていたが外部の人、選挙管理委員のような役人がひとりも立ち会っていなかった。これではいわば身内だけの催しに思えた．封筒に入れられた投票用紙をどうやってだれが選挙管理事務所に届けるのか。点字をかける者は点字で投票した。しかし点字を打った用紙は封筒に入れ、封筒の裏に氏名を書かされている。だれがだれに投票をしたのかわかる仕組みになっている。封筒はのり付けされた。のり付けされた封筒をだれが開くのか。期日前投票に役人の立ち会いはいらないのか。事前に棄権を申し出た者、当日棄権した者の投票用紙はどうなっているのか。わたしは一番最初に選挙の話が具体的に出たとき、職員に、「相手の名前をよく練習していけば自分でかけると思う。用紙の裏表、上下を教えてもらえれば」、と申し出たが、手間がかかるし前例がないと断られたので、みんなと同じに従った。

〝さくらの苑〟の選挙の仕方はわたしに大きな疑問を残したが、わたしはなんの行動もおこさなかった。何となく選挙管理委員会が〝さくらの苑〟のやり方を容認しているように感じたからだ。これが正しいやり方なのだろうか。不正が行われていないのだろうか。誤魔化しはないのだろうか。わたしは暗闇の視界の中でひとり思い悩んだ……。

部屋に帰ると電話が鳴った。あわてて手に取ろうと手を伸ばしたが携帯がない。わたしはもっと慌ててあたりを闇雲に手で探る。そうやって肝心の新保の電話にすぐでられないことが多い。携帯の置き場を決めておけばいいと人は言うが、なかなかそうはいかない。ベッドの上でしゃべっているときなど、あとで携帯を布団に潜らせてしまい、これはなかなか出てこない。

新保が、タクシー運転手をしていたことがあると話したことを、突然昨日聞いたように思いだす。

「お客さん乗せて、遠出で伊豆まで行ったこともある。おれ若いときはカラオケもやったし、結構もてた」

わたしは負けじと言った、

「わたしもよ」

「うん、それはわかる」

と新保は真面目に言った。わたしは慌てて、

「なんて、うそよ」

新保は妻が病死したあとは再婚をしなかったらしい。はっきり言わないので想像を交えるが、二度ほど同棲している。きちんと再婚して家庭をもった方がよかったのだろうか。人の人生はわからない。

「子どもは？」

思い切ってきいた。

「いない。たとえどこかにいても、親らしいことはなにもしてやらなかったんだ。こんなところにいるのに、今さら名乗れないだろう」

新保の声は珍しく暗く沈んでいく。わたしは子どもは何処かに生存しているのじゃないかと思った。連絡先はわからない。もしわかっても彼は決して連絡しないだろう。

「せめて」と彼は沈んだ声で言った。

「せめて、骨を拾ってくれるといいんだが……、ああ、でも無理か、見えないから」

わたしは瞬間言葉を失った。わたしに言われた言葉であることはわかった。見えないからと言ったから。しかしどう言うべきかもわからなかった。そんな骨を拾うなどとい

う事実があるとは想像もできなかった。

暫く沈黙の後、言った。

「日曜日、子どもが来たら、お見舞いに行くわ」

彼は遠慮しなかった。県立の病院名、エレベーターを降りてからの病室への行き方など話し出した。わたしはメモが取れないから、何度も聞き返した。

「もう三度も言っているのに」

と、新保は珍しくじれた。先日の電話のとき、テレビを見るカードが千円するのに、すぐなくなると言っていた。一階までひとりでいけると言っていたので纏めて買えるお金を渡したかった。渡すつもりであった。新保は「残金が少なくなった。残しておかないと」と先のことを考えているように言った。彼の体力は、カードを地下まで買いにいくようなことは出来なくなっていくのではないか……。

新保は普通の声に戻った。わたしは内心ほんとうに見舞いに行かれるか危惧していた。まず〝さくらの苑〟の人たちに黙っていなくてはならない。事前にわかれば阻止される可能性が大きい。

わたしは次女にメールを打った。

「二十四日の日曜日、下記の病院へ見舞いに連れていって下さい」

下調べが出来るように病院の所在地を書いた。風が谷へ来て知り合った地元のボランティアの人にも電話をかけて、病院の評判を聞いてみた。

真夜中、電話がかかってきた。新保からで一、二秒で切れた。わたしは迷ったが、かけてみた。だがすぐ切った。真夜中の病室の中に何が起こっているかわからない。二度かけたが迷惑になると思って、二度ともすぐ切った。しかし最初かけてきたのだ。新保が孤独の中で、激痛の中でわたしを呼んでいるように感じながら、暗闇の室内を見つめていた。わたしはまったく無力であった。

翌日彼から担当の寮母に伝言を頼まれた。

「下着を持って来て欲しい。ここにこんなに長くいると思わなかったので、三日分しかない。下着は洗ってきちんと畳んで置いてある。またベッドの下にみかんなど食べ物が置いてあるので、腐っては困るから捨てて欲しい、乾し芋などもある」

彼の担当寮母が病院へ行くようになっているらしい。わたしは寮母に伝言した。その返事を新保につたえたかった。だが彼は電話に数回かけたが出なかった。わたしは結果の報告ができないといらいらした。ようやく電話連絡が出来たとき、わたしは自分勝手になっていた。相手を気遣うより自分の感情に支配されていた。彼は考えて言った。

「ここは病院で、女の人は看護婦さんしかいない。ぼくが電話にでないからって……」

とわたしが何か焼き餅やいているようないい方をした。わたしはカッとして言った。

「ばからしい。そんなこと考えてもみない」

と電話を切ってしまった。翌日午前中に、担当寮母とわたしの担当の相談医院の柴田とふたりでわたしの部屋へきた。ちょっと奇異な感じを受けた。田中寮母が言った、

「川田さんを怒らせてしまったって、新保さんが気にしてました」

わたしはなんとも思っていないことを、小さな笑顔で示した。

「新保さんは代々木病院へ行くかもしれないって言ってましたが」

「予定はあるけどまだ決まっていません」

柴田が答えた。わたしは黒石がまた電話を取り上げるようなことを言っているということをだれかに聞いたような気がしていた。それは、そうされそうな心配がこころの底にあるので想像してしまうのか、事実はわからない。それを聞いたとき非常に落胆したこと、また黒石にそのようなことをさせないと思ったことをおぼえている。

わたしは自分が電話を掛けすぎているように思っていたので、「こちらから電話を掛

けないようにします」といった。田中寮母がすぐ言った。

「かかってきたら出てあげてください」

その会話を聞いていたように新保からの電話が減った。病状が悪化していたのだ。

翌日、二十四日の日曜日、次女がきた。手作りの野菜サラダを二つのタッパーにいれて持ってきて冷蔵庫にしまってくれた。わたしは封筒に見舞い金を入れてもらい、裏に名前を書いてもらった。わたしは元気なとき小銭を借りたと釈明したが次女はなにも聞かないので、もっといれればよかったと思った。

次女の車に乗った。迷わず病院へむかった。途中で蕎麦屋へ寄って、昼食におかめそばを食べた。

病院は高くそびえているようであったが、この大きな、新保を抱いている建物さえわたしの視野へははいらない。

まず一階の受付に行く。そしてエレベーターで新保のいる階へ。また名簿に名前をかかされた。わたしは次女の腕にしっかり摑まり、付いて行く。あたりの様子がなにも見えないことが、こころを絶望の淵へ落として行く。ドアの入り口で立ち止まった。

次女がわたしをちょっと押さえて、耳元に囁いた、

「新保さんは、お母さんを見て、車椅子に乗って部屋から出ようとして、すぐ諦めてベッドに戻った」

次女がわたしを押すようにして前に進んだ。ベッドの横に白い大きな机が置いてあるようで、わたしはそこでたちどまった。

「すぐ帰るから」とわたしは迷惑になるのが気がかりで、二度言った。新保は言った。

「きたばっかりで帰る帰るなんて失礼だ」

看護師が椅子を持ってきてくれた。わたしは黙って座った。見舞客らしい言葉が何もでなかった。ラジオが点いていた。次女が新保の側へ行ってスマホのラジオを止めて、新保を褒めた。

「お年なのにこんなに難しい操作ができて偉いですね」

新保の側へ行きたかったが、妨げているものがあるようだったし、まわりに人がいるのも気になって、新保と二人きりになっているようにこころはひらかなかった。次女がわたしの手に見舞金を渡した。わたしは新保の方へ手を伸ばした。新保は受け取って枕のところへ置いたようだ。

やがて次女が、「おかあさん握手」と言った。わたしは前のテーブルの上に手を伸ばした。新保は柔らかくわたしの手を握った。以前のような強さがない。人目を気にしてか、力がなくなってしまったのか。そのときわたしの胸に、帰りたくないという思いが広がった。どういうことになっているのか、新保に手を取られ、説明を聞きたかった。まわりがわたしが立つのを促しているようであった。わたしは帰りたくないと叫びたかった。わたしは立ち上がった。次女が背中にきた。看護師が聞いた、

「どんなご関係ですか」

すぐためらいもなく次女は答えていた。

「知人です」

ろくな言葉も掛けずに、わたしは新保の病室を去った……。

新保も言葉はなく、悲しくわたしを見送っていたのであろう。胸にどんな言葉が去来していたのであろう……。

病室を出たところで、次女はまたノートに時間を記帳した。側に立っているわたしの顔を看護師は正面から近々と見つめた。顔の前十センチくらいで、わたしの目が見えないことを承知している近寄り方であった。わたしの顔はしっかりと仮面を付けていた。

車の中で会話することなく〝さくらの苑〟の自室へ戻った。次女がお茶を入れてくれ

るのを待ちかねて聞いた。

「新保さん、どんな顔していた？」

「それなりの老人の顔だけど、やつれていなかったよ。穏やかな顔してた。最初お母さんを見たとき、とても嬉しそうな顔をした。ほんとうに、あんな笑顔は見たことないよ」

「なにも話ができなかった」

「最初お母さんを見たとき、新保さんはベッドから降りて車椅子に乗って病室を出て来客用の部屋へ行こうとしたらしい。でもすぐ諦めてベッドに戻って横になった」

新保はわたしに病気が軽いと思わせたかったのだろうか。

「おかあさんは新保さんに何の病気か、医者は何ていっているのか、しつこく聞いていたよ」

「そんなこと言ったの？　覚えていないわ。知らない。新保さんはなんて？」

「よくわからない。医者はおしえてくれないって、逃げていた」

それは今まで電話で何度も繰り返した会話だ。今日また繰り返していたことは覚えがなかった。無意識に尋ねていた。わたしのこころはもやい舟のように揺れる。

次女が小さな声で最後に言った。

「酸素ボンベをつけていた。鼻へ管も。エレベーターを降りて病室へいくまでの曲がり角に〈緩和ケア〉と書かれていた」

次女は語尾を消すように言った。わたしはそれですべてをさとらなくてはならなかったのだ。目が見えないからと言って、ぼんやりしているなんて、なんて間抜けだろう。

次女は家に帰る時間になっていた。車が込む時間になっていた。婿が夕飯の支度をしてくれていればいいがと思ったが、娘の家庭に口出しするように思われてはいやなので、わたしは黙っていた。

翌日、月曜日からわたしの不安と悲しみと苦しみが始まった。病室の新保とわたしは堅く繋がっていたのだ。〝さくらの苑〟では平常な生活が繰り返されていた。彼岸過ぎて寒さがぶり返してきたので暖房費がかさんだ。寮母たちが各部屋をまわった。

「園長先生のお言葉です。余分な暖房を使わないように」

わたしは便座の暖房を外した。エアコンは夜八時に暖房が元栓で切られ、朝七時に入れられた。異常気温は、弱い者に影響した。

〝さくらの苑〟では昼間外線の電話が入ると、事務所にいない者はマイクで呼び出された。わたしは、マイクの呼び出しが聞こえると胸が痛んだ。特に黒石と林看護師の名前がよばれると、病院から新保の危篤の知らせがはいったのではないかと恐れ、涙が目から流れおちた。ここでは声さえ出さなければ泣いていることはわからない。このころ、なぜあのように涙がでたのか判らない。水道の蛇口が壊れたように泣いていた。

わたしは新保への連絡方法を考えた。見舞いのはがきを出すことを思いついた。友達の桜井は協力してくれるだろう。見舞いのはがき文を書いて、県立病院の所在地その他を書いて、東京の桜井へメールを打った。桜井からすぐ返信がきた。

「はがきは持っているからすぐ書いて、新保さんへ郵送します」

はがきならベッドで新保はよめるかもしれない。封を切る手間がいらないから看護師が読んでくれるだろう。文字の読み書きができなくても友がいればこんな方法があったのだ。もっと早く思いつかなかったことを後悔した。

わたしは見えなくても、音声入りパソコンを使っている。桜井とは年齢が離れているが、差を感じさせないでつきあえる友である。

わたしは決心した。新保が戻ってきたら輪島園長に結婚の届けを出そう。この世であとで身に付けたものなどは全部ぬいで、新保という男の中味と余生を送ろうと何度も考えていた。あの、わたしに優しい男と余生を生きたいと何度も決心した……。

二十七日の水曜日、新保から電話が入った。最初、女の声が出たので看護師かと聞いた。

「川田恭子です」と彼女は答えて新保に替わった。新保は細い声で話した。

「あんたたちが帰ってから痛みに襲われた。それで、お礼の電話を早くしたかったけど、できなかった」

新保の声は今は苦しそうではなかった。わたしは彼が川田恭子を呼んだのだと思った。一瞬小さな嫉妬の炎が燃えて消えた。

「見舞い、たくさんありがとう」

新保は明瞭な声で言った。川田恭子は見えるのだとわたしは思った。

「ちょっと川田さんに替わって」

すぐ新保に戻るつもりで言った。そしてわたしは川田恭子に繰り返して同じことを言った。言葉が見つからなかったのだ。相手は現場にいる。ものの見えないわたし。

「新保さんをお願いします。よろしくお願いします」

彼女も同じ言葉を答えた。

「よろしくお願いします」

それを何回か繰り返しているうちに、看護師が入ってきたような音がして、電話は切れた。わたしは新保と話すという貴重な時間を、永遠に失った。わたしは時間を取り戻すために大声でわめかなくてはいけなかったのだ。それなのに、意気地なくうなだれてしまったのだ……。

わたしは風が谷市のガイドヘルパーに電話をかけて、県立病院へ同行してくれるか聞いた。タクシーで行けるならとOKしてくれた。

三月二十九日の金曜日、わたしは食事の後、手すりに右手をそっと乗せて歩いていた。エレベーターの近くまできたとき、目の前に新保が現れた。

新保はすぐに消えた。わたしは声を出さずに泣きながら自室に戻った。

三十日の土曜日、わたしは新保の担当寮母の田中を呼んで、来週新保のところへ行くとき一緒に連れて行って欲しいと頼んだ。彼女は返事をしなかった。わたしは言った、

「ひとりで決められなければ、上の人か園長先生に頼んでください」

わたしはどうしても行くつもりであった。寮母たちは〝さくらの苑〟へ通勤するとき自分の車に乗ってくる人がほとんどらしい。そして〝さくらの苑〟で用事が出ると自分

の車を運転して出かける。新保の病院へも彼女はそうして行くのであろう。わたしは来週断られたら風が谷市のボランティアを頼むつもりでいた。

桜井に三通目のはがきの下書きを送った。すぐ返信がきて一日の月曜日早朝新保宛てに投函すると打ってあった。

新保あてにわたしが書いた見舞いのはがき三通である。

埼玉県立循環器……内
新保房雄さま　川田有意子より

新保さん
どうか、がんばってください
またお話ができますように……。
わたしは相変わらずもたもたそろそろ、ひとりで歩いています。
看護師さんたちによろしく。

＊　病めるきみさくら咲くなよ散らぬため

三月二十五日

新保さん

先生や看護師さんの言うことを
よく聞いて早くよくなってくださいね。
川田さんとお話しできてよかったです。娘は見舞いに行ってよかったと言っていました。
お大事に‼

＊　目覚めよと呼ぶ声きこゆ春の鳥

三月二十七日

新保さん

苦しいのでしょうか。

とても心配しています。一昨日は手すりにつかまって歩いていると、呼ぶ声が聞こえて、どきんと胸が痛みました。空耳でした。

病室で、心の中で、あなたがわたしを呼んだのでしょう。苦しかったのね。

なにか必要なものがあったら遠慮なく言ってくださいね。届けます。お大事に。

＊　風さそう寄せ合う肩に散るさくら

三月三十一日

はがきは一通目はなんらかの形で新保に読まれたようである。彼はわたしのこころを思ったことであろう。二通目は届いていたが、新保はおそらく見なかったであろう。三通目は所在が不明である。亡くなった二日後についているはずである。

六章

ここ風が谷市一帯は桜の開花後、寒さが続いたので花は長持ちしていた。花は枝に必死につかまっていた。

夜陰、無数の花びらの中の一枚がふわりと地上に舞った。地上に落ちてすぐゴミにまみれ、姿を消した。

四月一日、月曜日、食堂から自室へ戻ってわたしはぼんやりとして部屋の中の空間を見つめていた。眼前のものの色や形が見えなくなってからわたしは軽く眼を閉じているようになった。本当は目を開いていたいのだが、瞑ってしまうのである。もうわたしの目は物を見ようとさえしなくなってしまったのだろうか。

神は自ら作った美しい色彩の造形物を、マイナーなわたしたちに見せることを拒んでいる……。

「黒石です」

と、ほとんどノックなしで、部屋に人が入ってきた。わたしは土曜日、寮母に新保の見舞いの同行を頼んであったので、その返事かと思った。ただ黒石が来るのではよい返事ではないと咄嗟に思った。わたしは椅子に座り、黒石にも手で示した。わたしが何か言いかけると、黒石は遮って言った、

「新保さんが亡くなりました」

わたしは立ち上がって叫んだ、

「嘘、嘘でしょう」

「昨日の日曜日、肺がんで」

わたしはわっと声をあげて泣いた。

「今日は柴田さんも担当寮母も代休なので、わたしひとりでお知らせに来ました」

わたしはしばらく眼の前の黒石の存在も忘れて、声を出して泣いていた。声に出なかったけれど〝肺癌〟という言葉に脳天を打たれていた。黒石の説明に言葉にならない疑問符を投げかけながら、まだ間にあうのではないかという思いがこころに湧いた。まだ間に合う、もう間にあわない。いや、なんとか、……。

わたしは立ち上がった。

「園長先生のところへ」

「何しに?」

黒石は少し怯えた声で言った。わたしはかまわず自室のドアを出た。

わたしは声を出さずに泣き続けていた。園長室へ入った。黒石がドアを入ったところで言った、

「川田さんがきました」

わたしは輪島園長の声がした方へ進み、椅子の背に触り、腰掛けた。

園長は回転椅子を回してわたしの方へ向いた。

「新保さんが亡くなりました」

「うん……」

園長はちょっと考えを纏めるように言葉を切ってから、続けた、

「わたしは新保さんがここで川田さんという個性と知り合ったことは、彼にとってとても幸運だったと思う。病院で死んだことは、彼にとってよかったんですよ」

わたしはまだ小さくしゃくりあげていた。

「それじゃなくちゃ、新保さんは何処かのアパートの一室でひとり死んでいたところを発見されるようなことになっていたかもしれない。それを思えば、新保さんはここへ入っていて病院で死ねたことは、彼にとってとてもよかったことなんですよ」

わたしは新保が〝さくらの苑〟へ帰りたくないと言っていたのを思いだしていたが、何も言わなかった。わたしは後のことを訊ねることもしないで、何も気が回らないで、輪島園長の部屋を出た。自室へ戻った。黒石は付いてきた。

「川田さんの無償の愛で、新保さんは救われました」とかなんとか言った。そして泣き続けているわたしに黒石は、「ごめんなさい」と立ち上がって謝った。

わたしはふとだれに謝っているのだろうと思った。わたしにか、新保にか。

「明日、柴田さんと担当寮母と三人でまたきます」

と言って、黒石は去った。しかし彼女は新保のことでわたしの前に二度とあらわれることはなかった。このことは後日よくよく考えてみた。黒石は新保の担当であってわたしの担当でなかったことに、わたしは気が付いた。新保は死んだ。その後始末に黒石は追われたであろう。黒石は、わたしに説明する義務はないのだ。

その日一日、わたしは自室からでなかった。涙が止まることなく流れた。十年前、夫が亡くなったときは悲しくても涙が出なかった。泣けなかった。いろいろ周りに相談することがあった。緊張していた。また最晩年の夫は自分の人生について言っていた、

「成功しなかったけど、やりたいことをいろいろやった。ある程度それで満足しなくちゃなるまい」

新保は県立病院へ入院してから電話してきたとき、沈んだ声で言っていた、

「いま死んだらなんのためにここまで生きてきたのかわからない……」

その言葉は、わたしの胸を鋭くえぐった。それを聞いても鈍感なわたしは新保が肺癌の宣告を受け、余命がいくらも無いことを医師から聞かされていたことに気がつかなかったのだ。だからこそわたしは新保と余生を楽しく送る決心をしていたのだ。そして死にかけている新保に無情にも余生を楽しく、などと言った。

新保は今までは生きているから生きてきたのだ。だが、これからは何のために生きるのか、自覚を持って生きようとしていたのだ……。

夕方になって、わたしは風が谷市の高齢福祉課に電話をする気になった。

新保は、〝さくらの苑〟へはいるとき、世話になった人がいると言っていた。引越しも手伝ってくれたと感謝していた。職員の安井という名前も聞いていた。新保は〝さく

らの苑〟に入る直前は、広い風が谷市のどこかに住んでいたのではないか。市の福祉課へ電話をかけると二人目で安井は出た。彼は新保の死を知っていた。わたしの声はすでに半泣きになっていただろう。

「新保さんはまだ病院にいるのですか」

「いや、市の知っている葬儀屋に預かってもらっています。〝さくらの苑〟の担当者へ場所は知らせてあります」

わたしは新保が子どもの話をしたことを伝えた。

「遺族を出来るだけ探しています。なにかご存じでしたら、そちらの担当者へ話して下さい」

わたしは無駄と思ったが聞いてみた。

「新保さんのいる葬儀屋さんの名前教えていただけないでしょうか?」

「すみません。こちらからは教えられません」

新保の妻や肉親であれば可能であろう。わたしはまったくの他人なのだ。新保は納棺されて、花輪の立て込んだ狭い葬儀屋の一隅に安置されているのであろう。だれひとり見守ることも付き添うこともなく、放置されている。線香の煙もない。新保は完全に

〝さくらの苑〟から追い出されているのだ。すべての感情をそぎ落とした彼に言葉はない……。

その夜、わたしは暗い混沌とした昼夜のわからないような夜を明かした。金曜日の夕食後、新保が廊下の手すりに現れたことを考えた。あとか、うとか言ってわたしに話しかけてきた。わたしの胸は現実に鋭く痛みを感じた。あのとき新保の意識があった最後のときなのだ。新保は別れにきて、わたしの歩行を心配して見守った。それから意識を失い、日曜日に逝ったのだ。その夜、新保が来てわたしのことを初めて「有意子」と口の中で呼んだ。

翌日十時ごろ、新保の担当寮母と柴田相談員が部屋に来た。寮母が言った。

「新保さんに、川田さんに知らせなくていいのですかって言ったんですが、知らせるときは自分の口から言うって」

柴田もうなずいた。

「ええ、いま、若者のような恋をしているから、それを壊したくないって新保さんは言ってました……」

わたしはふたりが入ってきたときから泣いていた。新保の名前を聞くだけ、口にするだけで涙が溢れでた。

「でもどうして教えてくれなかったのか、ずっと考え続けています。一番大切なことなのに、わたしに言わないなんて……」

柴田の話では、三月初めのころ〝日赤風が谷〟へ検診に行って肺癌とすぐ診断され、告知されたようだ。余命のおおよそを知らされたであろう。これは輪島園長、担当の黒石と寮母、林看護師、上席の柴田相談員に知らされたことであろう。わたしは蚊帳の外にいた。寮母が言った。

「きっと新保さんは、今、川田さんが苦しんでいる以上に苦しかったと思います」

そうね、そうね。彼だって身を投げ出して泣きたかったであろう。しかし知った後のわたしの激しい悲しみ、目の悪いわたしがなにも手助けできないという自責の念で苦しむことを想像したとき、彼は自分の命がぎりぎりになるまで言わないと決心したのではないか。

わたしは柴田に聞いた。

「川田恭子さんは、新保さんが呼んだのですか」

「いいえ、あの人は自分から新保さんを訪ねてきたようです。園からは教えません」

川田恭子は新保の病室を見て、総てを見抜いて去ったのであろう。わたしは、新保の若いときを知っている唯一の人として、彼女の電話番号を黒石に尋ねたが「外部の人のことは教えられません」。わたしは、さらに言った、「もし万一彼女から電話があったら、わたしの番号を教えてください」と頼んだが、そのままになった。

わたしは、「せめて骨を拾って……」と新保が言いかけたとき、話をじっくり聞いてやらなかったことを悔やんだ。いつもわたしは彼の重い話が終わるまで待っていられないのだ、彼はいつもゆったりとわたしを待っていたのに。

夕方、柴田がひとりで来た。

「新保さんの火葬ですが、日にちなど市で教えてくれそうなので調べてまた来ます」

思いがけない知らせで、わたしは柴田に深々と感謝の頭を下げた。

翌日は輪島園長の四月定期会があった。わたしは後ろの隅の方へ席を取った。事務長が四月の行事予定を読み上げた。次に輪島園長がマイクを前にした。今年の異常気温のことから入り、新保房雄とあとふたりの、併せて月末に三人亡くなったことをみんなに報告した。一同立ち上がって黙禱した。名前だけで年齢や病名は公表されない。わたしは嗚咽をこらえ、手のひらを強く合わせて涙を流していた。〝さくらの苑〟ではこの冬、

七人ほど亡くなっていた。隣室の松田が言っていた、

「ここでは人が死んでも何とも思わなくなる。それほどよく死ぬから」

それから園長は二十人分の新規の増築の話をして、

「お金が予定よりかかる。工事とはこんなものだろう。みなさんには暖房費など節約して頂きたい」

そして言ったのである。始めの内、もごもごと、だんだんはっきりと声を大きくして、やや感情を交えて語った。

「……みなさんはつまらないことにお金の無駄使いをしないように。……なにかあったとき三十万くらいは残しておいて欲しい。わたしが連帯保証人になっているからと言って、万一のときわたしがいちいち出しているのではたまらない。いくらあってもなくなってしまう」

みんなしーんとして黙っていた。話を理解しているのだろうかとわたしは思った。これは新保のことをいっているのだ。涙が止めどもなく流れた。ここで園長の話を聞いている人の中でそれに近い人はいないのだろうか。もしいたらどんなに辛い思いをしているだろうか。

黒石が新保の死を知らせにきたとき、園長のところへ行った。そのあとで黒石は言った、

「新保さんは借金を残しています。それもかなり……」

わたしは金額を聞こうと思ったが、彼は亡くなったのだと思って黙っていた。黒石は、高額医療費は返ってくることを計算しているのだろうか。年金は四月十五日が支給日だ。十五日前に亡くなった場合、どう計算されるのか。

ドアがノックされて柴田が来た。

「新保さんは、四日に市営の火葬場で火葬されます。午前十時にここへ迎えに来ます。お花はあたしが手配しておきます」

これは特別の計らいらしかった。今まで遺族以外が火葬場へ行った例がない。柴田は椅子に腰掛けて低い声で静かに話した。

「……一階のエレベーターのところで新保さんに逢ったとき、〝待合広場〟で座って待っていればと言うと、いま若者のような気持ちになれたのでこうやって待つことが楽しいって言ってました。癌を知った後と思います」

わたしはその場面を繰り返し繰り返し、どれほど想像しただろう。廊下でひとりわた

しを待っている。それはわたしを待っているだけではない。いま思えば彼はじっと耐えていたのだ。死と戦っていたのだ。そのエレベーターの角は外からの冷たい風が曲がって入ってくるところでもあった。

次女に新保の死を知らせると、

「この前電話もらったとき、亡くなった知らせだと思ったわ」

と冷静に言った。彼女にとって新保は知人でしかない。彼女の目から見れば新保はいつ死んでもいい病人だったのだ。なにも見えない、わからないわたし。後悔は果てしない。

〝さくらの苑〟から病気で入院していた人が亡くなると、遺体は園が引き取った。遺族が病院から直接連れて帰る人もいる。〝さくらの苑〟の二階には、遺体安置所がある。二階の廊下に線香の煙が流れているときがある。そして「お見送り」がある。「だれだれさんが今日の何時に出棺されますからお見送りの出来る方は玄関ホールにお集まりください」と放送が流れる。故人と付き合いがあった人たちは玄関に集まり、出棺の時を待った。わたしは一度行ってみたが、待っている間の見送り人たちのおしゃべりに驚いた。在園者ばかりでなく、職員たちも笑って話をしている者が多い。霊柩車が玄関前を通り過ぎる僅かな数分だけ、沈黙される。悲しんで泣いている声は聞こえない。霊柩車は家族に連れられ去っていく。家族のいない者は園の定めた火葬場へ行く。そこで荼毘に付され、お骨は〝さくらの苑〟の共同墓地へ入る。園は近くの寺の檀家になっていて、その墓所内に身寄りのない者の遺体を葬る共同墓地があるようだ……。

薄い黒のセーターの上にベストを着て、部屋で柴田を待った。彼女は十時丁度に来た。導かれて柴田の車に乗った。

「ちょっと待って下さい」

彼女は買っておいた供花を持ってきて、わたしの膝に乗せた。供花は水を含んで、ずっしりと重かった。

「近いようですから」

と柴田はつぶやいてハンドルを握った。雨を含んだ風が吹いたようであった。

がらんとした火葬場についた。わたしは供花を抱き、柴田の腕に摑まって歩いた。すぐ係員が棺を押してきた。

「新保さんです」

わたしは、

「新保さん、何もしてあげられないでご免なさい」

と思わず泣いて叫んだ。供花を柴田に預け、顔のところの小窓から手を入れた。今は堅くなった新保の顔を、

「おでこ、眉、鼻……」

つぶやきながら撫でた。生きている内に触ったこともないのが無念だった。焼却炉の扉が開かれた。柴田が供花を棺の上に置いてくれた。

わたしは火炎の音を両手を合わせて聞いていた。この世とあの世を分ける火炎の中を想像しながら、音を聴いていた。

「お骨が上がるまで待っていましょうか。一時間くらいと思う」と柴田が言ってくれた。わたしは柴田が忙しい人なのですぐ帰らなくてはならないと心配していたので、柴田の言葉に安堵した。小さな椅子があったので、並んで腰掛けた。室内はだれもいなかった。隣の部屋で数人の話し声がした。だれかが火葬され、家族が来ているのだろう。ガラス戸の向こうで急に激しい雨音がして、暫く続いた。わたしは、新保が肺癌のことを隠していたことを知ってから言い続けていることを、また言った、

「病気のこと、新保さんはどうしてわたしに教えてくれなかったのでしょう。随分いろいろ考えたけど、わからない……」

「川田さんを悲しませたくなかったことは確かです」

柴田が向こうを覗くようにして言った。

「誰も来ないようですね」

市に聞いて川田恭子か新保を宗教に誘った男二人が来るかもしれないと、思っていた。

雨がいつの間にか上がっていた。

係員が入ってきた。焼却炉の厚い扉を開けて骨を取り出す作業は、わたしには見えなかった。かつて見た情景が脳裡に浮かびあがった。台車に乗って骨の山が近づいてきた。

台車の動く音を聞き取る。わたしはここでも思わず大きな泣き声をあげた。

「新保さん、何もしてあげなくて御免なさい」

彼は、今このまま死んでは何のためにこれまで生きてきたのかわからない、とわたしに訴えたのだ。それなのにわたしは慰撫する手段を何も取れなかった。病気を知らなかったのだから……。余生を二人で生きることばかり考えていたのだから……。

係員が優しく言った、

「箸でなく、手でもいいですよ」

わたしは骨の塊を触った。新保の肉体を触ったような気がした。

そのときガラス戸の向こうの静寂の中で、春雷が鳴った。わたしは一瞬手を引っ込めた。

かぶせるように係員が言った、

「まだ熱いですよ。火傷《やけど》しますから気をつけてくださいよ」

わたしはこころの中で新保に語りかけた。

「ほら、来たでしょう。骨を拾っているのはわたしよ。見えないからって、手で拾っているのよ。ちゃんとできるのよ。死んでしまったからって、わかるでしょ。骨はとても熱いわ。あなたにわかる。感じることが出来る。とても痛かったでしょう。苦しかったでしょう。わたし、少しだけわかるわ。わたしも残念で……。あなたもわたしのことわかって頂戴。わかって、わかってね、わかって……。御免なさい」

そのとき、骨が強い光を放った。意志を持っているように。新保がわたしのこころに応えたのだ……。

＊　春雷や逝きにしきみの骨光る

新保は粗末な骨壺に収まり、係りの男が持った。わたしは繋がった紐が切れるような未練を持って、あらぬ方角、骨壺の消える方を見送った。新保は何処へ行くのだろう。市の共同墓地へ入るのだろうか。

帰路、車に乗ってから、骨の小さなひとかけらをもらってくればよかったと思った。柴田もそう言ったので、柴田のこころが嬉しかった。

隣室の松田の話では〝さくらの苑〟へ入って死んだ人のお見送りをしなかったのは、今までに一度もないという。

「十年の間にひとりもないわ。新保さんはどうしたのかしら。不思議ね。伝染病じゃないし」

新保と同日くらいに亡くなった人たちは霊柩車に乗せられ、希望者の見送りを〝さくらの苑〟の玄関ホールで受けた。彼女たちは入院していたようだが、在園年数は長い。以下はわたしの想像を交えた、卑近な話である。新保は四ヵ月の在園中、一ヵ月は入院生活である。一割負担の入院費がかかった。新保は死亡が確認されると同時に遺体を〝さくらの苑〟から身元不明者として風が谷市へ引き渡されたのではないか。霊柩車代、火葬の費用、寺への永久供養代など〝さくらの苑〟は支払いを免れる。

〝さくらの苑〟に入るのには連帯保証人がいる。わたしの場合子どもがなった。新保はだれがなっているのだろうか。身内がいないのだ。恐らく輪島園長か市がなったのではないか。それでもここに二、三年いれば、銀行口座に園長が希望したくらいの金は貯まっていくのではないか。

新保のスマートフォンは、園の金庫にしばらく置かれていた。それは輪島園長からみれば不要な無駄使いであったろう。わたしの供花は、わたしの持って行った見舞金がそのまま残っていたので、そこから支払われた。柴田の良心であろうか。わたしは骨を拾えたことを柴田に感謝している。

新保は〝さくらの苑〟を嫌っていたから、見送りについて「どっちでもいい」というが、園に知っているひとはほとんどいないのだから、それでいいのだろう。だがわたしは死者に対してこの差別扱いは許せない。彼が〝さくらの苑〟を嫌うようになったのはなぜか……。

終　章

＊　去りゆきぬ百のうぐいすきみを呼ぶ

新保房雄は昭和十四年六月十六日に北海道の三笠で生まれ、平成三十一年三月三十一日に没した。

享年七十九歳。死因は肺癌。

彼は新年号〝令和〟を知ることはできなかった。家族はいない。だれも見守る者のいない埼玉県立病院の一室で、苦しみ抜いて息を引き取ったのか、苦痛のため意識を失いそのままこの世を去ったのか、わからない。

去る瞬間、なにをこころに思い浮かべたのか、それもわからない。

ただ現代の緩和医療を受け、苦痛が少しでも和らいでいたことを祈るばかりである。

死の床で手を差しのべても空を切るばかりで、その手を握りしめる人間がいなかった。死に逝く人はたくさん語りたかったことであろう。途中で去るのだ。聞いてもらえなかった死者の言葉が、地上に溢れている。

もしあの世に天国とか地獄とかいうものがあるとすれば、彼は天国の住民になっている。

この世で苦しみを多く受けた者は、天国があるとすれば必ず天国に行くことは間違いない……。

新保が県立病院へ入院してまもなくの電話である。

「ここには長くいられないと思う。駅前に代々木病院というのがある。たぶんそこには長くいられそうなので、きっと転院させられると思う」と言った。

新保は県立病院から代々木病院へ移るとき〝さくらの苑〟へ立ち寄る形になることを想像した。そのときわたしに直接逢って癌の話をするつもりであったろう。自分の口から直接話す、と寮母にはっきり言っている。ただその機会を与えられなかった。ここの職員では事務的な話をされそうで、任せられない気持ちであったろう。特に黒石などには不信感を持っていた。それにこれが一番肝心であるが、自分の死がこれほど早く訪れることは考えられなかったのではないか。愛する人に直接自分の口から、自分の末期癌のことを伝えるまでどんなに苦しくても死なないと、決心していたのではないか。

わたしは最後のころ、せめて一日だけでも新保と同じ病室で過ごしたかった。目の不便さは乗り越えられたであろう。新保のこころの隅々まですべて、聞いておきたかった。すべて話させたかった。

見えないわたしが戸惑うと、彼は目だけ動かし、小さな声で優しくあれこれ指図しただろう。すべてを排してそうしたかった。もし彼に発作が襲ってきたら、病室の隅に腰掛けて、看護師たちの邪魔にならないように、彼とともに苦痛に耐えよう。わたしは一緒に死にたいと思うかもしれない。

柴田や黒石たちの間では新保の命の長短を測って、いつ代々木病院へ新保を移せるか、時期を見計らっていた節がある。たぶん代々木病院の方が〝さくらの苑〟に近いし、入院費は安かったのでは、と思われる。新保は肺癌の苦痛の中で費用の心配をしていたのである。あとひと月、小康を保っていたら、代々木病院へ移されたであろう。

新保が亡くなってだいぶ経ったころ、わたしは自室で指先をそっと棚に這わせて、捜し物をしていた。間違いなく左の方へその品は置いたのにない。では右と思って手を這わせてもそこにもない。右から左へ時間をかけて手を動かした。捜し物はなかなか指に触れないので、内心わたしはかなり苛立っていた。すると新保が突然わたしの肩のあたりに来て、小さな声で言った、

「もうぼくはきみのそばへ行ってやれないんだよ」

そして彼はわたしからすっと離れた。こうやって来ることも、もう度々できないんだよということを、わたしにわからせようとするような消え方だった。しかし、もう来れないんだよ、という優しい声をわたしは耳でこころで、からだ全体で聞いていた。

わたしはその言葉を抱いて、もう少しだけ、もう少しだけ生きて行けるのではないだろうか……。

新保房雄さんに捧ぐ

あなたがこの世に存在したことの証明のために、この作品を創りました。最晩年を若者のように恋をしたことの証のために、これを書きました。

たぶんあなたは、ご自分が癌で余命が少ないと知ったとき、こころの中で、年齢にも世のしきたりにも関係のない純な恋の炎を燃やしたのではないでしょうか。わたしはそれに充分に応えることができませんでした。

あなたがつぶやくように言った言葉が、わたしの胸に鋭く突き刺さって取れません。

いま死んだら、なんのために生きて来たのかわからない……。

幸せを摑みかけたと想ったのでしょうか、幸せになれそうに想えたのでしょうか。

新保さん、なにもしてあげられなくて本当にご免なさい。

新保さん、あなたはわたしが死ぬまでわたしのこころの中で生き続けています。

新保さん………。

川田　有意子

平成三十一年四月四日（木）

＊　白き骨花よりも尚美しき

詩

避難訓練
眠　り
わたくしの望み
途中下車
暗闇の中から暗闇が生まれる

避難訓練

万一地面が割れたら
万一津波がかぶさってきたら
万一炎が迫ってきたら
どこへどうやって逃げたらいいのだろうか

眼の前は深い暗い海のよう
天空から優しい手が伸びてきて
ひとりひとりのからだを
救い上げてくれるだろうか

永く生きた人たちに
もっと永く生きて頂くための
盲老人ホームの
避難訓練

前へ前へ
逃げろ逃げろ
こっちだこっちだ
見えない暗闇の中へ
進め進め
手を取り合って
ぴょんぴょこ

猿のように影が踊る
仲間は百人
誘導する人は数人
誘導する人は数人だけ……

ほんとうはわたくしは
自分の部屋にうずくまり
動かない石になりたい
物言わぬ石になりたい
高山植物の咲いている深山の
石になりたい

石は熱さも痛みも

感じないのではないか
石は感情というものがないのではないか
ただじっと動かずに
ときの中をたたずむ
騒がず語らず静かな
石になりたい

眠り

どうか
早く訪れてきてください
眠りよ
頭の中にうず巻く黒い影を
吸い取ってください
いやなことは置いてきて
楽しいことだけ連れてきてください
眠りよ
あなたに抱かれているときだけ

わたしは見えないことを忘れます
腕から愛が伝わります
眠りよ
わたしの閉じた目から冷たいものが流れます
眠りよ
あなたは純なこころにしか
訪れないのでしょうか
わたしは邪悪なこころの持ち主で
ありましょう

そんなことを考えていると
またわたしは眠れません
オレンジ色はどんなですか

緑色はどんなですか
黄色はどんなですか
紫はどんな色ですか
赤は血ですか　死ですか
教えてください

眠りよ
わたしを花の布団に包んで
ささやいてください
心配はいらない
安心しておやすみ
心配はいらない
安心しておやすみ

そして
腕の中に強く抱きしめてください
強く強くわたしのこころから
孤独や見えないことの苦しみを
しぼり出してください
不安を
地鳴りのように押し寄せる不安を
消し去ってください

あなたの顔は見えないけれど
わたしにはあなたの腕から
あなたのこころが伝わってきます

見えないあなたを
かたちのないあなたを
わたしは愛することが
できるでしょうか……
わたしの胸には大きな水たまりがあります
それはくさい泥水のようであります
お日様のきらめく清い水のようであります

わたくしの望み

残り少ない余生を
楽しく生きたい
どうやって
それが問題です
文字が読みたい
花の色を愛でたい
ああ
それは不可能な望み
不可能な望みは持ってはいけない

それはこころを荒らすから

希望の種子を手のひらに載せてください
小鳥の声を聞きながら
それを育てましょう
それが粒子のようにちいさくても
発芽を信じて
信じることは
目的完成の一歩手前
信じることは心が穏やかになる
あした　あさって　またあした
種子は発芽するでしょう
閉じた視界も開くでしょうか

いいえ
それは決してない
甘いのぞみは持ってはいけない

ちいさな希望があれば
生きていける
粒子のような小さなものでも
手のひらに希望の種子を蒔いてください
ああ
いつか空がほほえみ
陽光がさしてくるでしょう
芽生えを助けるために

途中下車

線路のそばに女の子がひとりで立っていた
女の子はもう世の中の悲しみを知っていた
母親を亡くしたばかりだから
線路は畑のそばを通っていた
畑にいなごが飛び跳ねていた
遠くに低い山々のつらなり
女の子はレールに耳を貼りつけた
遠くからの呼び声を待っていた
レールは初めかすかな振動だけを伝えた

やがて小さな音がきこえはじめた
女の子は立ち上がった
足許にまっきいろなたんぽぽ
山裾をわけて小さな列車がちかづいてきた
ぐんぐん……

たちまち大きな姿になる
待って　わたしを乗せて
ぐんぐん……
去っていった列車
取り残された女の子……

女の子は恋をして破れた

女の子は母親になった
祖母になった

いつの間にか八十年の歳月が流れていた

女の子が捨てた言葉は山のよう
空まで届く言葉の山

ひまわりの種の数ほど人を愛した
報われた愛は数粒だけ

おばあさんになった女の子は
目が見えなくなった

カミサマのいたずら
カミサマの失敗
カミサマの……
ひどい

おばあさんはつぶやいた
わたしはまだ旅の途中
いまはまだ旅の途中
終着駅ではない……
途中下車して
ちょっと休んでいるだけ……
空は青い

暗闇の中から暗闇が生まれる

眼前の暗闇の中へ
もう一つの大きな暗闇が現れる
はてはどこかわからない
沈滞した雲のような
濃霧のような
なめくじのような
重なった黒の色は揺れる
なめくじのあの膨らんだ腹の中には
絶望のうじ虫が詰まっている

目のない魚の卵たちが
詰まっている

わたしは絶望の歌しかうたえない
喜びの歌はうたえない

完

あとがき

私は、網膜色素変性症です。

暗闇の中で、手探りで、耳だけを頼りに書き上げました。一点に神経を集中させて、文字から文章を紡いでいきました。

まったく文字が見えなくなって十年くらいになるでしょうか。見えないことで、言葉の〝確認〟と不安が交互に続きました。書き上げた満足感がありません。書き足りないものがあり、それが何か、今頃になって気がつきました。書き直す元気はありません。

わたしは今は力尽きました。左手が震えるようになって、ローマ字の上を、わたしの意志に反して、左手が勝手に動くのです。ナントカ震戦という病名らしいです。あなたにわたしの悲鳴が聞こえますか。

この作品が本になるまでに協力してくださった人達は、Ｉさん、Ｔさん、Ｙさん、Oさん、杉谷昭人さんなどです。
わたしはひとりでは何もできません。いろいろありがとうございました。厚くお礼申し上げます。

二〇二〇年三月

片山郷子

[著者略歴]

片山　郷子（本名 片山 恭子）

1937年　東京都新宿区に生まれる。
2003年　緑内障、網膜色素変性症発症

著作：詩集『妥協の産物』
小説『愛執』(1997年 木精書房)
第２作品集『ガーデナーの家族』(2006年 本の風景社)
エッセイ集『流れる日々の中のわたし』(2006年 驢馬出版)
第３作品集『水面の底』(2009年)
第４作品集『もやい舟』(2011年 鳥影社)
第５作品集『花の川』(2014年 鉱脈社)

1995年　エッセイ「柿の木」にて小諸藤村文学賞(長野県主催)最優秀賞受賞
1997年　小説「ガーデナーの家族」にて第６回やまなし文学賞(山梨日日新聞主催)佳作受賞(ペンネーム 清津郷子)
2008年　小説「空蟬」にて第４回銀華文学賞優秀作受賞

住所：〒123-0865 東京都足立区新田1-3-19 401号
Eメールアドレス：edelweiss0401@ybb.ne.jp

光る骨

二〇二〇年三月二十五日　初版印刷
二〇二〇年三月三十一日　初版発行

著者　片山郷子©

発行者　川口敦己

発行所　鉱脈社
〒八八〇―八五五一
宮崎市田代町二六三番地
電話　〇九八五―二五―一七五八

印刷 製本　有限会社 鉱脈社